하북팽가 검술천재

하북팽가 검술천재 24

2024년 2월 21일 초판 1쇄 인쇄
2024년 2월 26일 초판 1쇄 발행

지은이 이도훈
발행인 김관영

기획 이기헌 왕소현 임동관 박경무 강민구 조익현
책임편집 주현진
마케팅지원 이원선

발행처 (주)로크미디어
출판등록 2003년 3월 24일
주소 서울시 마포구 마포대로 45 일진빌딩 6층
Tel (02)3273-5135 **Fax** (02)3273-5134
홈페이지 rokmedia.com **E-mail** rokmedia@empas.com

값 9,000원

ISBN 979-11-408-2184-6 (24권)
ISBN 979-11-354-7650-1 04810 (세트)

이도훈 신무협 장편소설

하북팽가 검술천재

24

차례

주의 사항

기다리던 두 번째 약속에 관한 이야기가 나오자 각주들은 하나같이 눈을 빛냈다.

그들의 결연한 태도에 한빈이 흡족한 표정으로 고개를 끄덕였다.

하지만 바라만 볼 뿐 말을 잇지 않았다.

한빈은 조용히 미소만 지었다.

마치 기대감을 고조시키거나 뜸을 들이는 듯 보였다.

한빈의 모습에 각주들의 기대감은 더욱 올라갔다.

이제는 한빈이 팥으로 메주를 쑨다고 해도 믿을 각주들이 었다.

그도 그럴 것이, 막내 공자 한빈은 하북팽가를 떠나 천수장으로 오면서 했던 약속을 정확히 지켰다.

아니, 어제까지만 해도 막내 공자가 그들에게 약속을 지킬 수 있으리라고는 상상도 하지 못했다.

그들은 매일같이 죽음의 경계를 넘어 인간의 한계를 경험했다.

육체적뿐 아니라 정식적으로도 그들은 한계를 넘나들었다.

그들 대부분은 처음에는 수련 자체가 고문이라고 생각했다.

그런데 결과는 놀라웠다.

한 명도 빠짐없이 이전의 경지를 뛰어넘었다.

자신의 발전에 놀라워하는 이들 중에는 한 달 전 각주가 된 악필승도 있었다.

사실 각주라고 하기에는 맡은 임무가 가벼웠다.

악필승은 조향각의 각주였다.

조향각(朝香閣)은 가문의 음식을 책임지는 곳이었다.

하북팽가에서 식당으로 쓰는 전각을 조향각이라 이름 붙인 이유는 간단했다.

아침에 유일하게 나는 향기가 바로 밥 짓는 냄새였기 때문이다.

밥 짓는 냄새는 무사들의 기운을 깨우기 마련.

어찌 보면 조향각은 무사들의 건강을 책임지는 중요한 곳이기도 했다.

하지만 여기에는 문제가 있었다.

과연 무인이 식당을 맡으려고 할까?

엄연한 가문의 일이라고는 하나, 음식을 만드는 조향각의 일은 무사의 하루와는 거리가 멀었다.

아침에 일어나면 식자재부터 살펴야 했다. 그런 후 요리가 시작되면 모든 과정을 관리하고 만들어진 음식의 간을 봐야 한다.

이것이 조향각주의 하루였다.

음식에 가문에 해가 될 만한 것이 있는지를 철저히 살펴야 했다.

물론 아침뿐이 아니었다.

점심에도 저녁에도 같은 상황이 이어진다.

이런 상황에서는 수련 시간을 할애할 수 없었다.

무인으로서 음식을 담당하는 조향각을 맡는다고?

어찌 보면 한직이라고 할 수 있는 곳이었다.

남들이 보면 한숨 쉴 일이지만, 악필승에게 조향각주의 자리는 하늘에서 내려온 생명 줄과도 같았다.

그 이유는 의외로 간단했다.

악필승은 가문에서 축출되어도 할 말이 없는 자였다.

그는 삼 공자 팽무빈의 오른팔이었으니 말이다.

그는 팽무빈이 거느린 호위대의 수장이었다.

사실 그는 팽무빈에게도 그다지 신임을 얻지 못했다.

한빈의 기세에 눌려서 연무장에서 온종일 머리를 박은 덕분에 악필승은 그들의 눈 밖에 났었다.

짖지 못하는 개를 기를 주인은 없었다.

기세가 꺾인 무인은 짖지 못하는, 아니 짖는 척도 못 하는 개였다.

어찌 보면 무인으로서의 생명은 끝난 상태였다.

그때 그를 구해 준 것은 다름 아닌 심미호였다.

가문에서 쫓겨나기 전에 주방에서라도 일해 보는 것이 어떠냐고 제안했었다.

당시 심미호는 본래 팽경빈의 휘하에 있다가 한빈 쪽으로 줄을 바꿔 타서 승승장구하고 있었다.

그런 그녀의 추천이기에 악필승은 하북팽가에서 살아남을 수 있었다.

재미있는 것은 그가 팽무빈을 떠나 조향각을 맡은 후의 일이었다.

악필승은 예상 외로 요리에 재능이 있었다.

그는 소위 말하는 절대미각의 소유자였다.

절대미각이라는 것이 정확한 기준이 있는 것은 아니지만, 그는 국물 한 입으로 그 안에 들어간 모든 재료를 알아낼 정도로 탁월한 미각의 소유자였다.

그는 호위대의 수장에서 조향각의 각주로 훌륭하게 변신

했다.

누가 뭐라 해도 악필승은 자신의 상황에 만족했다.

무인의 칼이든 숙수의 칼이든 그게 무엇이 중요하랴!

잘 먹고 잘 살면 되었다.

안분지족이라는 사자성어는 그를 두고 하는 말 같았다.

그런데 만족하면서 살고 있던 그에게 날벼락이 떨어졌다.

바로 각주들이 참여한 회의에 불려 가서 졸지에 서약서에 서명한 것이다.

음식을 책임지는 조향각주가 왜 이런 험난한 수련을 받아야 하는지 오늘 아침까지는 이해가 되지 않았다.

가장 불만이 많았던 악필승이었지만, 지금은 누구보다 감정이 흔들리고 있었다.

현재 그는 희미하지만 한빈이 준 도에 진기를 두를 수 있었다.

도신을 따라 흐르는 푸른 진기는 허상이 아니었다.

동시에 그의 가슴속에 숨어 있던 무인의 본능이 꿈틀거렸다.

사실 악필승은 어떻게 도기(刀氣)를 사용했는지 알 수 없었다.

악필승은 요동치는 감정을 수습하기 위해서 뛰는 심장을 움켜잡았다.

그것만이 튀어나올 것 같은 심장을 진정시키는 유일한 길이었다.

물론 감정을 수습하기 위해서 노력하고 있는 것은 악필승뿐만이 아니었다.

현무각주, 주작각주 등 모두가 이를 악물고 있었다.

그렇게라도 안 하면 감정이 입 밖으로 튀어나올 것만 같았기 때문이다.

그들이 만들어 내는 감정의 소용돌이가 연무장을 휩쓸 때였다.

한빈은 그들의 요동치는 감정에 화답하듯 말을 이었다.

"두 번째 혜택은 바로 경험입니다."

말을 마친 한빈은 아무렇지 않게 팔짱을 꼈다.

한빈이 제시한 두 번째 혜택에 대한 설명은 너무 간단했다.

정확하게 경험이 무엇을 뜻하는지 아는 자는 아무도 없었다.

그렇다고 먼저 입을 여는 자도 없었다.

각주들의 무거운 입은 이번 훈련의 성과였다.

그들은 조용히 한빈의 다음 말을 기다릴 뿐이었다.

하지만 한빈은 말없이 모두의 눈을 조용히 바라봤다.

누구 한 명을 바라보는 것은 아니었다.

마치 밤하늘의 달이 세상을 비추듯 모두의 눈을 동시에 바라보고 있었다.

그 모습에 각주들의 눈빛도 반응했다.

요동치던 감정은 어디 가고 모두의 눈빛이 호기심으로 물들었다.

경험이 혜택이라고?

한빈의 말은 두리뭉실했다.

당연히 모두는 한빈의 입술에 더욱 집중할 수밖에 없었다.

호기심으로 일렁이는 눈빛에 한빈은 흡족한 표정으로 말을 이었다.

"제가 말한 경험이란……. 무당산까지 동행하면서 얻을 경험입니다. 그곳으로 가는 길에는 수많은 적과 수많은 고수가 있을 겁니다. 그들과의 만남이 기대되지 않습니까?"

한빈의 제안에 각주들이 눈을 반짝였다.

그중 주작각주 가기군만은 살짝 의심했다.

수많은 고수와 적이 왜 여기에서 나온다는 말인가?

영웅 대회에서 암투가 벌어질 수는 있어도, 그곳까지 가는 길은 가장 안전했다.

대문파와 무림세가가 동시에 이동한다는 것은 강호 최대의 행사라는 말이었다.

그런 상황에서 간 크게 습격을 할 산적 혹은 자객 들은 없었다.

괜히 영웅 대회에 참석하는 무림인을 건드렸다가는 무림 공적으로 찍히기 십상일 테니까.

거기에 지금 대회를 주최하는 것은 기세가 하늘을 찌를 듯 높은 무당파였다.

소림을 제외하면 최고의 힘을 가진 문파라 세인들은 말한다.

그런데 무당이 주최하는 영웅 대회로 향하는 행렬에 적이 나타난다?

이건 조금 말이 되지 않았다.

정보를 담당하는 주작각주이기에 드는 의심일 수도 있었다.

역시나 다른 각주들은 아무 말도 없었다.

각주들이 아무 말도 없자, 한빈이 빙긋 웃으며 말을 이었다.

"여러분이 이번에 얻은 힘을 강호에서 써 보고 싶지 않습니까?"

"……."

각주들은 답하지 않았다.

그저 가슴이 복받쳐 오를 뿐이었다.

그때 옆에서 지켜보던 팽혁빈이 조용히 한빈의 곁으로 다가왔다.

"전에 말하기로는 나와 나를 호위할 고수 한 명이면 족하다고 하지 않았느냐?"

"영웅 대회에 가는데, 어찌 형님과 고수 한 명으로 되겠습니까?"

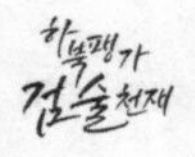

"그럼 여기 있는……."

팽혁빈은 조용히 각주들을 살폈다.

그들의 눈빛을 보면 섶을 지고 불로 뛰어들라 해도 그럴 것 같았다.

"네, 맞습니다. 각주 중 형님의 수행원을 뽑을 생각입니다."

"수행원이라……."

"먼 길을 떠나니, 손이 여럿 필요할 수밖에 없겠지요."

"누굴 뽑을 것이냐? 이들 모두를 뽑는다면 가문의 업무가 마비될 것이 분명한데……."

"딱 세 명이면 족합니다."

"흠, 그 기준이 궁금하구나."

팽혁빈은 진심으로 호기심을 드러냈다.

한빈의 제안은 혜택이 될 수도 있었고 고통스러웠던 수련의 연장이 될 수도 있었다.

천수장에서 이루어진 수련의 경우 모든 각주가 한 명도 빠짐없이 받았다고 한다면, 이번 경우는 그와 달랐다.

무당산으로의 동행이 각주들에게는 상일까? 벌일까?

일단 저들의 눈빛만 봐서는 상이 맞았다.

그러면 그 상을 주는 기준은 과연 무엇일까?

그 기준은 모두가 수긍할 만큼 합리적일까?

이건 가문을 경영하면서 생각해 보아야 할 정치적인 문제였다.

그때 한빈이 묘한 웃음을 지었다.

한빈도 팽혁빈의 의문을 알고 있다는 듯 고개를 끄덕였다.

“그건 제게 맡겨 주십시오.”

“그럼 나는 잠시 물러나 있으마!”

팽혁빈은 뒤쪽으로 물러났다.

그러고는 각주들을 바라봤다.

그들의 대화에 각주들은 기대감 가득한 표정으로 눈빛을 활활 불태우고 있었다.

그들을 바라보던 팽혁빈은 곧 고개를 갸웃했다.

각주 중 딱 한 명만은 한빈의 시선을 피하고 있었다.

그는 바로 조향각주 악필승이었다.

의문도 잠시, 팽혁빈은 고개를 끄덕였다.

팽혁빈도 그의 근황을 파악하고 있었기 때문이다.

언젠가 가주직을 맡기 위해, 세가의 식솔에 대해 파악하는 것은 기본이었다.

우여곡절은 많았지만, 악필승은 지금 가문에서 누구보다 자신의 삶에 대해 만족하는 이라고 보고받았다.

무공에 대한 욕심보다는 요리에 대한 욕심이 더 큰 자였다.

팽혁빈은 한빈이 악필승만은 뽑지 않을 것이라고 확신했다.

팽혁빈이 상황을 살피고 있을 때였다.

한빈이 다시 말을 이었다.

"첫 번째는 동료의 추천입니다. 여러분의 추천을 가장 많이 받은 자를 첫 번째 수행원으로 뽑겠습니다."

"……."

그들은 말없이 주변을 힐끔 바라봤다.

고민하는 듯한 표정을 짓던 그들은 고개를 저었다.

각주들 모두 결심한 듯 입을 굳게 다물고 정면을 바라봤다.

이것은 무인의 자존심이었다.

수행원으로 추천하라는 것은 무위가 가장 강한 자를 뽑으라는 말과 다름없었다.

한빈의 의도가 어쨌든 그들은 그렇게 느꼈다.

다른 자를 추천한다면 자신이 두 번째가 된다.

지금 그들은 무인으로서의 긍지가 그 어느 때보다 높은 상태였다.

자신이 아닌 타인을 추천할 생각 따위는 하고 있지 않았다.

물론 한 사람만은 예외였다.

그는 바로 조향각주 악필승이었다.

그는 방금 전까지 무인으로서의 긍지가 끓어오르긴 했었다.

하나 딱 거기까지였다.

그는 조향각주로서의 삶에 만족하고 있었다.

이런 고생은 여기까지면 충분했다.

도기를 피워 낸다고 해서 요리의 맛이 달라지는 것이 아니었다.

무공의 고수가 된다고 해서 조향각주로서의 삶이 달라지는 것도 아니었다.

그냥 하북팽가의 음식이나 책임지며 조용히 살고 싶었다.

조향각에서 나온 음식을 취하며 행복해하는 이들을 바라보는 것.

이들의 행복을 상상하며 음식을 관리하고 요리하는 것.

그것들에 악필승은 성취감을 느끼고 있었다.

그런 마음을 가지고 있다 보니, 다른 각주들과는 달리 자신이 뽑히겠다는 생각은 없었다.

악필승은 그저 다른 사람을 추천하기 위해서 힐끔 눈동자를 돌리고 있을 뿐이다.

고민의 주인 악필승의 입은 좀처럼 열리지 않았다.

그의 고민은 하나였다.

누굴 추천해야 욕먹지 않을까 하는 것이었다.

다른 각주들은 자신이 나서려고 눈을 부랴부랴 떴지만, 악필승은 그 모습이 수행원으로 뽑히는 상황을 피하기 위해서라고 생각했다.

자기가 좋으면 남들도 좋을 것 같고, 자기가 싫으면 남들도 싫을 것 같다는 생각을 하는 것은 누구나 다 똑같기 때문이다.

그때였다.

한빈이 재촉하듯 말을 이었다.

"추천할 동료가 아무도 없습니까? 직접적으로 언급하기 부담스럽다면 추천할 동료의 성이라도 외치십시오."

"……."

그 재촉에도 각주들은 입을 굳게 다물었다.

만약 자진해서 동행할 사람을 뽑는 거라면 너나없이 튀어나왔을 것이다.

하지만 지금은 그 영광스러운 자리를 누군가에게 넘겨야 하는 시간이었다.

그 영광을 누군가에게 넘긴다는 것은 자존심이라는 호신강기를 스스로 부수는 것과 같았다.

그들은 무인의 자존심 때문에 믿을 수 있는 동료를 추천하지 않고 버티고 있었다.

이 모든 사실을 알고 있지만, 한빈은 최고의 인재가 누구인지 궁금했다.

한빈이 생각하는 최고의 인재는 극한의 상황에서 동료들의 믿음을 한 몸에 받는 자였다.

모두가 등을 맡길 수 있는 자.

모두가 그를 위해서 몸을 던질 수 있는 자.

전생의 귀검대 동료들이 그랬었다.

한빈은 최고의 동료로 인정받는 각주가 누군지 알고 싶었다.

그들의 입에서 첫 번째로 호명되는 자.

그들의 입에서 가장 많이 나오는 것이 이 중 최고의 인재일 것이었다.

팔짱을 끼고 그들의 대답을 기다리던 한빈이 눈을 가늘게 떴다.

동료들의 신뢰를 받고 있는 자가 누군지 알아내는 것은 뒤로 미뤄야 할 것 같았다.

아무래도 서로에게 등을 맡기기에는 아직 수련이 부족한 것 같았기 때문이다.

사실 한빈이 뽑아야 할 자는 이미 정해져 있었다.

이제 간 보기는 끝내고 본론으로 들어가야 할 때.

한빈이 진득한 미소를 지었다.

살짝 바뀐 한빈의 표정을 심미호는 바로 알아챘다.

심미호는 저 표정의 의미를 누구보다 더 잘 알고 있었다.

한빈이 저런 표정을 지을 때면 큰 사고가 터진다.

부대주 심미호가 부리나케 한빈의 곁으로 다가왔다.

그녀는 의미심장한 표정으로 고개 숙였다.

"제게 맡겨 주시죠. 제가 나서 보겠습니다."

"그럼 한번 해 봐, 심 부대주."

한빈이 미소 지었다.

별다른 기대는 없었다. 단지 심 부대주가 저들을 어떻게 조련할지 궁금해서였다.

승낙을 받은 심미호가 그들의 앞에 섰다.

심미호는 다시 얼굴에 냉기를 피워 냈다.

얼음장 같은 냉기를 얼굴에 두른 심미호가 낮은 목소리로 말을 이었다.

"각주님들! 사신대에 다시 오르고 싶습니까? 동료를 못 믿습니까? 아니면 그 이기적인 마음 때문입니까?"

"……."

"그럼 지금부터 바로 추천할 동료를 호명합니다!"

심미호가 마지막 말에 내공을 실었다.

그때 기적처럼 그들이 입을 열었다.

"악!"

모두가 한목소리로 외쳤다.

이것은 훈련 시 내던 '네!'라는 뜻의 구령이었다.

그들이 구령을 외치자 심미호는 흡족한 미소를 지었다.

아직 저들이 교관으로서 자신을 인정하고 있다는 의미였기 때문이다.

심미호가 뿌듯한 기분으로 미소 짓고 있을 때였다.

그녀의 귓가에 낙엽 밟는 소리가 울렸다.

사사—삭.

동시에 뒤쪽에 있던 한빈이 앞으로 나왔다.

앞에 선 한빈을 본 심미호가 고개를 갸웃했다.

저들을 압박했으니 잠시 뒤면 대답이 자연스레 나올 것이다.

그런데 한빈이 그사이를 참지 못하고 나온 것이다.

심미호가 보는 한빈은 다소 가볍더라도 기다릴 줄 아는 자였다.

그런데 한빈이 그 잠시를 참지 못하고 뛰어나온 것이 이해되지 않았다.

심미호가 의심 가득한 눈빛으로 한빈의 뒷모습을 바라보고 있을 때였다.

그녀의 시선을 눈치챘는지 한빈이 고개를 힐끔 돌렸다.

그 시선에 심미호가 화들짝 놀랐다.

마치 자신의 생각이 발가벗겨진 느낌이 들어서였다.

심미호는 한빈이 사람의 생각을 읽는 능력을 가지고 있다고 해도 믿을 수 있었다.

그만큼 한빈을 바라보는 심미호의 시선에는 절대적인 믿음이 담겨 있었다.

한빈이 심미호에게 물었다.

"여기 악씨는 악필승 각주밖에 없지?"

"네, 그건 그렇지만 갑자기 악필승 각주는 왜……."

“지금 다들 악필승 각주를 선택했잖아.”

“그게 무슨 말씀이세요? 주군.”

심미호가 어질어질한 듯 이마를 만졌다.

한빈은 그러거나 말거나 조용히 악필승의 앞으로 걸어갔다.

“악필승 각주, 이의 없지요?”

“악!”

악필승에게 ‘아니요’라는 선택지는 없었다.

물론 지금 내뱉은 악은 반사적으로 튀어나온 구령이었다.

한빈은 악필승을 앞으로 이끌었다.

악필승은 마치 복날 끌려가는 강아지 같았다.

그 정도로 처량해 보였다.

물론 다른 각주들도 어이없기는 마찬가지였다.

그냥 구령으로 답한 것뿐인데, 조향각주 악필승이 무당산 행렬의 수행원으로 뽑히자 머리가 어지러웠다.

가장 상황을 잘 파악하고 있는 것은 주작각주 가기군이었다.

가기군은 한빈이 한 말을 똑똑히 기억하고 있었다.

한빈이 추천할 이의 ‘성’만 말해도 괜찮다고 말한 것을 그는 똑똑히 기억하고 있었다.

그리고 모든 각주가 분명히 ‘악’이라고 외쳤다.

그것이 단순한 구령이든 아니면 성을 말한 것이든 상관없었다.

이곳의 지배자가 해석하기 나름.

그렇다고 그 말을 다시 담을 수도 없다.

말이란 잔 속에 담긴 물과도 같아 한번 쏟아 내면 담지 못한다는 것이 강호의 법칙이기 때문이다.

물론 당황한 것은 각주들뿐이 아니었다.

각주들의 훈련을 담당했던 심미호는 그들에게 애정을 가지고 있었다. 마치 제자에게 느끼는 그런 감정이었다.

심미호는 슬쩍 한빈의 눈치를 봤다.

한빈은 조용히 웃고 있었다. 그 웃음에 이번 일이 한빈의 오해에서 비롯된 것이 아니라는 것을 알아챘다.

'악'이라고 외친 순간 자신이 필요한 사람을 뽑은 것이 분명했다.

다만, 의문이 드는 것은 무당산으로 향하는 행렬에 왜 악필승을 뽑았냐는 점이었다.

분위기는 일단 진정되었다.

이번 일의 최고 피해자는 악필승이었다.

한빈의 옆에 선 악필승은 지금 울지도 웃지도 못하고 있었다.

악필승은 한빈의 옆에 있는 것만으로도 부담을 느끼고 있었다.

그는 한빈에게 말려들어서 연무장 바닥에 머리를 박고 인생이 달라졌다.

물론 지금 하북팽가의 음식을 책임지는 조향각주로서의 삶에 만족하고 있지만, 문제는 한빈이 아직도 두렵다는 점이다.

악필승은 겨우 표정을 수습했다.

다행히도 이번 행렬에는 한빈이 참석하지 않을 것 같았다.

팽혁빈이 중심에 서고 한빈이 추천하는 고수 한 명이 합류하기로 공표했었다.

거기에 수행원으로 세 명의 각주가 그 행렬을 호위한다.

여기까지만 생각해 보면 이 행렬에 한빈이 낄 자리는 없었다.

악필승은 조향각주로서 하던 일을 이번 행렬에서 하면 된다는 생각으로 마음을 다스렸다.

한빈과 만나지만 않으면 그것만으로도 좋다고 생각했다.

체념한 것은 악필승뿐이 아니었다.

다른 각주들도 감정을 다스리며 다음 기회를 노리고 있었다.

모두는 마른침을 삼켰다.

그도 그럴 것이, 그들이 한빈에게 받은 것은 평생 그들이 이룬 것보다도 더 큰 선물이었다.

그때 한빈이 손가락을 튕겼다.

딱!

악필승을 시작으로 주작각주 가기군과 현무각주 담천호가 행렬에 포함되었다.

한빈의 기준은 의외로 간단했다.

그들을 뽑은 것은 바로 설화와 청화였다.

손가락을 튕기니 설화와 청화가 나타났고 한빈은 둘에게 행렬에 동참할 각주를 한 명씩 뽑으라고 했다.

설화는 주작각주 가기군을 뽑았고 청화는 현무각주 담천호를 뽑았다.

그들을 뽑는 과정에 설화와 청화는 조금의 망설임도 없었다.

물론 다른 각주들의 원성이 이어졌다.

하지만 설화와 청화의 이야기를 듣고는 그들은 아무 말도 하지 못했다.

설화는 주작각주 가기군을 뽑은 이유를 평소에 당과를 가장 많이 사 줬던 아저씨라고 했다.

물론 청화도 비슷한 이유였다.

평소에 귀엽다면서 청화에게 몇 번 간식을 사 준 일이 있었던 것.

거기에 대해서 한빈의 설명은 간단했다.

인맥 관리는 주변부터 하라는 것이 이번 공부라고 했다.

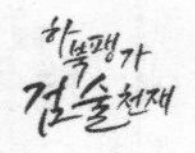

하지만 한빈은 거기서 끝나지 않았다.

나머지 각주들에게는 하북을 중심으로 경험을 쌓을 수 있는 기회를 주겠다고 했다.

그 기회가 무엇인지는 영웅 대회에 참석하는 인원들이 무당산으로 떠나는 당일 말해 주겠다고 했다.

모든 일이 끝나자 한빈은 팽혁빈을 자신의 방으로 초대했다.

호기심 가득한 팽혁빈의 눈을 보았기 때문이다.

이제는 팽혁빈에게 말해 줘야 할 때가 온 것이다.

한빈은 팽혁빈을 천수장에서 가장 구석진 방으로 안내했다.

그들의 앞에는 찻잔 대신에 술잔이 놓여 있었다.

"한잔 받으시죠, 형님."

"아니다."

"술을 마다하시다니……."

"누가 마다한다 했느냐? 그냥 병째 주거라. 하하."

팽혁빈이 호탕하게 웃자 한빈도 마주 웃으며 술병을 건넸다.

건네받은 술병을 코 아래로 쓸더니 팽혁빈은 더욱 환한 미소를 지었다.

그 모습에 한빈이 물었다.

"아까 보니 궁금하신 게 많은 것 같던데, 술이 먼저입니까?"

"그럼, 당연한 걸 왜 묻느냐! 너는 항상 내 앞에 있겠지만, 주향은 한번 날아가면 다시 돌아올 리 없지 않느냐. 하하."

기분 좋게 웃음을 터뜨린 팽혁빈이 술을 입에 털어 넣었다.

그 모습에 한빈은 자신의 앞에 놓인 술잔에 술을 따랐다.

"저는 잔에 먹겠습니다."

"그야 취향이지."

"이해해 주셔서 감사합니다."

"술이야 취향이 아니더냐?"

"술 이야기가 아니라 지금까지의 제 행동에 관한 이야기입니다. 궁금한 게 많으셨을 텐데 본질은 묻지 않으시지 않았습니까?"

"오호, 이제 털어놓을 때가 됐나 보구나."

"네, 영웅 대회에 참가하시는 건 형님이시잖습니까? 그러니 말씀드려야죠."

"그렇게 생각했다면 많이 늦었구나."

"네, 일단 각주들의 신원 조회부터 해야 했습니다."

"그건 지난번에 끝난 일이 아니더냐?"

"끈이 어디로 이어져 있느냐가 중요했습니다."

"결론은?"

"적과 내통하는 자는 없습니다."

"흠, 적이라……."

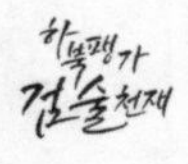

"네, 맞습니다. 적이지요. 그리고 이번 영웅 대회도 그 적과 긴밀한 관계가 있습니다."

"그 적이 마교더냐?"

"아닙니다."

"그럼 사파더냐?"

"그것도 아닙니다. 아시다시피 제가 사파 쪽하고는 연이 있지 않습니까?"

"그럼 어디에서 온 자들이더냐?"

"그걸 모른다는 게 무서운 일이지요."

"네가 한 말 중에 조심해야 할 것이 있다. 영웅 대회와 적이 관계있다는 것은 섣부른 판단 같구나. 이건 어찌 보면 정파 전체를 적으로 돌릴 수도 있는 발언이다."

"조심스럽기에 여기로 모신 겁니다. 그리고 정파 전체는 아닐 겁니다. 그런데 일부일 수는 있겠죠."

"근거를 물어봐도 되겠느냐?"

팽혁빈의 목소리가 바뀌었다.

조금은 거칠어진 것 같기도 하고 조금은 차가워진 것 같기도 했다.

한빈은 그 변화가 당연하다는 듯 답했다.

"본래에는 태극검제께서 이곳으로 오시기로 했습니다."

"태극검제라면……."

팽혁빈의 눈이 한계까지 커졌다. 이건 처음 듣는 이야기였기 때문이다.

이렇게 놀랄 수밖에 없는 것은 구대문파의 장문인이 무림세가에 방문한 것은 손에 꼽힐 일이라는 점이었다.

한빈이 고개를 끄덕였다.

"네, 무당파의 장문인이시죠."

"하북팽가를 방문하기로 했는데 그 대신 초대장이 왔다는 것이냐?"

"네, 맞습니다."

"너와의 약속을 어겼다고 정파의 일부가 적과 내통하고 있다는 해석을 한 것이냐? 그것도 조금은 섣부르다 싶구나."

팽혁빈의 입에서 가느다란 한숨이 나왔다.

그 한숨에 맞춰 한빈이 고개를 끄덕였다.

그것도 잠시, 한빈의 얼굴에 한 줄기 웃음이 피어났다.

결코 비웃음이 아니었다. 팽혁빈의 진중한 모습이 좋아 보여서였다.

팽혁빈은 가문을 이끌어 나가야 하는 사람이었다.

가장 먼저 생각해야 할 것은 무림의 평화보다는 가문의 존속이었다.

가문이 사라지면 무림의 평화가 찾아와도 그건 모두 쓸모없는 짓이다.

그것이 올바른 가주의 태도였다.

무림을 위해서 가문을 내던지는 가주 따위는 존재해서는

안 된다.

그런 면에서 팽혁빈은 훌륭한 가주가 될 것이라는 생각이 들었다.

한빈은 어떤 답도 내놓지 않았다.

그저 조용히 웃고 있을 뿐이었다.

팽혁빈도 그 웃음이 기분 나쁘지는 않았다.

사랑스러운 동생의 호의가 느껴졌기 때문이다.

그때였다.

바로 옆에서 기척이 느껴졌다.

피부를 찌르는 진기가 흘러들어 온다.

고수라는 이야기였다.

팽혁빈은 앞에 한빈이 있다는 것도 잊은 채 본능대로 움직였다.

한 걸음 옆에서 나타난 기척에 팽혁빈은 오른손을 뻗었다.

팡!

상대를 향해서 장력을 내뿜은 팽혁빈이 눈을 크게 떴다.

지금 그가 펼친 혼원장에는 적어도 칠 성의 공력을 실었다.

하지만 소리만 요란했지, 아무런 느낌도 없었다.

마치 허공을 친 것 같은 착각이 들 정도였다.

대신 진기의 소용돌이가 먼지를 일으켰다.

눈 몇 번 깜빡일 시간이 지나자 먼지가 걷혔다.

그곳에는 뜻밖의 인물이 팔짱을 끼고 미소 짓고 있었다.

팽혁빈이 놀란 표정으로 황급히 자리에서 일어났다.

그의 앞에 있는 자는 무당파의 현문이었다.

현문은 한빈을 만나기 전까지는 기행을 벌이며 강호를 주유하던 자였다.

배분으로 보나 그의 성격으로 보나 껄끄러운 이었다.

오죽하면 투계(鬪鷄)라는 별명이 붙었을까?

물론 한빈에게만은 예외였다.

어찌 보면 팽혁빈보다 한빈을 더 좋아하는 사람이었다.

동생의 아군은 팽혁빈에게도 아군.

팽혁빈이 정중하게 포권지례를 올렸다.

"현문 어르신, 오셨습니까?"

"그래, 잘 지냈나? 그나저나 자네의 장력을 보니 수련이 헛되지 않았나 보군."

"사천당가에서 보고 오랜만입니다."

"그렇지, 그때 보고 오랜만이지. 그런데 봤으면서 왜 그렇게 멀뚱히 있나?"

"제가 어찌해야……."

"그 술 말일세. 혼자 드시려고 했는가?"

현문이 농담조로 팽혁빈의 옆에 있는 술병을 가리켰다.

"죄송합니다. 경황이 없어서……. 일단 이거라도 드시죠."

"고맙네. 역시 엎드려 절받기가 내 독문 무공이라니까? 그러고 보니 초대받고 뺨 맞기도 있었군."

"죄, 죄송합니다. 갑자기 옆에 나타나셔서……."

"괜찮네. 내 놀리느라고 한 말이야. 옆에서 들어 보니 핵심은 팽 공자한테 모두 들은 것 같은데, 맞나?"

"제 아우가 한 말이 사실입니까?"

"그건 해석하기 나름이지. 자네가 이걸 해석해 보겠는가?"

말을 마친 현문은 탁자 위에 서찰 하나를 펼쳤다.

팽혁빈은 눈을 가늘게 뜨고 집중해서 서찰의 내용을 살폈다.

서찰을 확인하던 팽혁빈의 고개가 살짝 기울어졌다.

아무리 봐도 서찰의 내용은 해석할 부분이 없었다.

단순한 안부 인사였다.

그리고 건강상의 이유로 하북팽가에 오지 못하니 현문에게 이 서찰을 보낸다는 내용이었다.

그때 현문이 웃었다.

"자네나 나나 까막눈이군, 하하."

"까막눈이라니, 그게 무슨 말씀입니까? 어르신."

"글자를 못 보고 먹물만 보니 하는 말일세."

"제 우매함을 깨우쳐 주시죠, 어르신."

팽혁빈은 진심이 담긴 표정으로 살짝 고개 숙였다.

그는 상대가 아무 이유 없이 자신을 놀릴 이가 아니라는 것을 알고 있었다.

중요한 것은 현문 자신도 까막눈이라고 스스로를 낮췄다는 점이었다.

현문이 대견하다는 듯 소리 내어 웃었다.

"하하, 역시 자네는 팽 공자의 형이 될 자격이 있어. 이리 겸손하다니, 다른 가문의 대공자 같았으면 표정 관리하기 바빴을 텐데 말이야……."

현문이 의미심장한 표정을 짓자, 한빈이 나섰다.

"표정 관리하면서 말대꾸하던 분들은 전부 현문 어르신한테 맞았죠."

"허, 소문이 그리 났나?"

"사실은 조금 더 심하게 났습니다. 그런데 그중 선인은 없고 악인만 있다는 건 강호의 모든 사람이 알고 있으니 걱정하지 마시죠."

살짝 화제가 바뀌자 팽혁빈이 다급하게 나섰다.

"제가 궁금한 건 바로 이 서찰입니다. 왜 제가 까막눈이라고 하셨습니까?"

"바로 여길 보게. 여기! 여기! 그리고……."

현문은 서찰의 내용 중 몇 글자를 가리켰다.

정확히는 일곱 글자였다.

현문은 첫 문장의 첫 번째 글자에서부터 맨 마지막 문장의 마지막 글자를 가리켰다.

초(草), 중(中), 위(危), 필(必), 위(危), 득(得), 황(皇).

차례대로 가리킨 글자는 합쳐 봐도 의미 없는 문장이었다.

글자를 바라보던 팽혁빈은 고개를 갸웃했다.

그 모습에 현문이 슬쩍 입꼬리를 올린다.

그럴 줄 알았다는 표정이었다.

그 표정을 팽혁빈이 눈치채지 못할 리 없었다.

"왜 그렇게 보십니까?"

"자네가 맞히면 내가 섭섭할 뻔했어. 팽 공자가 내게 이걸 보여 줬어도 나는 알아보지 못했거든. 그런데 자네가 알아챈다면 자네 머리가 나보다 뛰어나다는 게 아니겠나? 그러면 내가 서운하지. 사형과 주고받은 선문답이 얼만데……."

말을 마친 현문은 조용히 그가 가리켰던 일곱 개의 글자를 이었다.

휙, 휙.

그는 손가락으로 바람 소리가 나도록 빠르게 글자들을 이었다.

팽혁빈은 눈을 가늘게 뜨고 현문이 가리킨 문자를 살폈다.

일곱 개의 글자를 이어 보니 삼(三)이라는 무의미한 글자가 나온다.

팽혁빈이 다시 말했다.

"삼이라는 숫자를 제게 가르쳐 주려 하시는 겁니까?"

"그렇다네."

"그래도 알 수가 없군요."

"이것도 다행이군. 나도 여기까지 보고도 찾아내지 못했으니 말이야. 하하."

현문이 시원하게 웃으며 한빈에게 턱짓했다.

그 모습에 한빈이 나섰다.

"이것은 저만 알아볼 수 있는 암어였습니다. 태극검제가 이곳으로 오시기로 한 건 제가 그분이 남긴 일곱 걸음을 깨달았기 때문이죠. 태극검제 어르신은 제가 그 일곱 걸음을 깨달으면 그 뒤에 해야 할 일이 있다고 하셨습니다."

쉬지 않고 설명을 잇던 한빈이 술잔을 들었다.

목을 축이기 위함이었다.

마른 입술에 죽엽청을 적신 한빈이 다시 설명을 시작했다.

"현문 어르신이 가리킨 곳이 그 일곱 걸음의 방위입니다. 그 방위는 현문 어르신도 모르시니, 여기 모인 사람 중 이걸 풀 수 있는 것은 저밖에 없습니다. 그러니 그리 낙심하지 않으셔도 됩니다, 형님."

"흠."

팽혁빈이 자신도 모르게 헛기침했다.

그 모습을 보고 있던 현문은 그윽한 미소를 지었다.

현문은 속으로 안도하고 있었다.

팽혁빈이 이 암어를 맞히면 솔직히 씁쓸할 뻔했다.

현문도 천수장으로 오며 이 서찰을 몇 번이고 들춰 보았다.

태극검제에게 직접 받은 서찰은 아니었다.

이 서찰은 개방을 통해서 받았다.

전서구보다 더 안전하고 은밀한 방법이었다. 서찰을 들고 온 이는 홍칠개.

개방에서도 끗발이 가장 세다는 홍칠개가 이 서찰을 들고 왔다.

이 서찰이 갈 곳은 다름 아닌 한빈. 홍칠개는 한빈의 사부가 아니던가?

직접 한빈에게 전하면 될 것을 현문에게 맡긴 이유는, 이번 일에 개방은 소식만 전달했을 뿐 아무런 관련이 없다는 것을 강조하기 위함인 것 같았다.

그렇다면?

태극검제가 전하려는 사안이 그만큼 심각하다는 말이었다.

그런데 서찰을 아무리 살펴봐도 그 막중한 사안은 어디에도 보이지 않았다.

그런데 한빈은 현문이 이 서찰을 보여 주자마자 뜻을 알아챘다.

그때 현문의 감정은 말로 표현할 수 없었다.

그것도 잠시, 현문은 바로 인정했다.

십 년 동안 노력해도 얻지 못한 깨침을 전한 것이 바로 한빈이었다.

그런 한빈이 이 서찰을 해석한다는 것은 어찌 보면 당연했다.

잠시 전 기억을 떠올린 현문은 한빈을 보며 입꼬리를 올렸다.

호의 가득한 미소였다.

그 미소에는 한 가지 감정이 더 담겨 있었다.

그것은 다행이라는 감정이었다.

팽혁빈도 자신과 마찬가지로 해석을 못 하자 기분이 좋아진 것이다.

살짝 풀어진 분위기 속에 그들은 다시 술잔을 들었다.

죽엽청으로 다시 입술을 적신 한빈이 다시 말을 이었다.

"위(危) 자가 두 번이 붙은 것을 보면 위기 중의 위기라는 말입니다. ……득(得)은 저희에게 내린 부탁이지요."

"무엇을 찾으라는 것인가?"

"남은 글자는 삼, 황, 초! 이렇게 세 글자가 되겠지요."

"그렇다면?"

"예, 삼황초를 의미하는 것이 맞습니다."

"허……. 전설의 삼황초를 어찌 찾으라는 것인가?"

"전설이 아닙니다."

"전설이 아니라고? 삼황초는 삼황오제 중 삼황이 애지중지 길렀다는 전설의 영초가 아니더냐? 그걸 어떻게 현실에서 찾을 수 있겠느냐?"

그의 말대로 삼황초는 삼황이 공동으로 심었다는 영초였다.

덕분에 전설 속의 삼황인 셋의 기운을 그대로 담고 있다고 전해진다.

그것은 각각 화(火), 빙(氷), 뇌(雷)의 기운이었다.

어찌하여 풀 하나가 불과 얼음, 번개의 기운을 다 담고 있을까.

세인들은 그것을 그저 전설이라 생각하고 있었다.

팽혁빈이 눈을 가늘게 뜨자 한빈이 말을 이었다.

"결코 전설이 아닙니다. 삼황초에 삼황오제의 전설을 갖다 붙인 것은 삼황초가 어떤 병이든 고칠 수 있는 영초이기 때문입니다."

"……."

팽혁빈은 말없이 한빈을 바라봤다.

무당파의 태극검제가 전한 서신의 숨은 뜻도 기가 막히는데 부탁은 더 기가 막혔다.

황당한 것은 한빈이 삼황초가 있는 곳을 알고 있다고 한 점이다.

삼황초는 천고의 영약을 만들 수 있는 재료라 전해진다.

그때였다.

현문이 끼어들었다.

"그렇다면 팽 공자는 왜 삼황초를 탐내지 않았던 건가? 삼황초는 천고의 영초가 아닌가? 만약 팽 공자가 그 삼황초의 행방을 알고 있다면 왜 그것을 차지하지 않았는가?"

"제가 욕심이 없기 때문입니다."

한빈은 한 치도 망설이지 않고 답했다.

물론 현문도 즉각적으로 반응했다.

"아!"

여러 감정이 담긴 탄성이었다.

현문이 한빈을 좋아하긴 하지만 욕심이 없다는 것은 말도 되지 않았다.

욕심이 없는 사람이 계약서를 옆에 끼고 다니겠는가?

지나가는 강호인, 아니 옆에 있는 팽혁빈에게 물어도 이건 거짓말이라고 할 터였다.

아니나 다를까, 팽혁빈도 의심 가득한 눈초리로 한빈을 바라보고 있었다.

한빈은 아무렇지 않게 말을 이었다.

"삼황초는 영초가 아니라 독초이기 때문입니다."

"아우야. 삼황초가 독초라니, 그게 무슨 말이더냐?"

팽혁빈이 눈을 크게 뜨자 한빈이 손을 내저었다.

"그렇게 보지 마십시오. 무섭습니다, 형님."

"이해가 안 되어서 그런다. 삼황초가 독초라면 왜 태극검

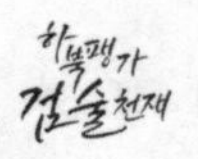

제께서 밀서를 통해서 그것을 구해 오라 하겠느냐?"

팽혁빈이 미간을 좁혔다.

그가 재촉하자 한빈이 다시 설명을 이었다.

"삼황초가 유명해진 것은 전국 칠웅 중 하나인 태령왕 때문입니다. 태령왕은 자객의 위협을 가장 많이 받은 왕 중의 하나죠. 그는 자객의 위험은 모두 물리쳤으면서도 정작 질병을 물리치지는 못했습니다."

"그건 나도 아는 일이다. 그런데 지나가는 신선이 고쳐 줬다는 것이 전설 속 이야기가 아니더냐?"

"네, 맞습니다. 그 신선이 쓴 약이 바로 삼황초였습니다."

"흠."

"재미있는 것은 그 의원이 치료한 것은 질병이 아니라는 이야기가 있습니다. 태령왕의 몸속에 들어 있던 것이 독이라는 속설이 있습니다."

말을 마친 한빈은 술로 마른 입술을 적셨다.

지금 한빈이 말하는 내용은 현재 강호인은 모르는 내용이었다.

전생에 한빈이 조사했던 사건에서 끄집어낸 기억이었다.

팽혁빈의 눈빛이 깊어졌다.

"독이라……."

"아직 증명된 것은 아닙니다."

말을 마친 한빈은 조용히 고개를 들었다.

전생의 기억에 근거한 말이었다.

물론 한빈이 한 말 중 반은 맞았다.

태령왕의 몸속에 있었던 것은 일반적인 독이 아닌 살아 있는 독, 즉 고독이었다.

고독은 처음에는 눈에 보이지 않은 만큼의 크기로 몸에 들어간다.

그중 가장 알아채기 힘든 것이 혈고다.

여기서 말하는 혈고는 강호에서 말하는 보통 혈고가 아니었다.

태혈고라 불리는 특이한 종이다.

태혈고는 일단 입으로 들어가면 단전이 아닌 머릿속에 자리를 잡는다.

이후 진기와 피를 양분 삼아 서서히 성장한다.

그것은 마치 신체의 일부와도 같아 중독된 환자는 느끼지도 못한다.

기감이 뛰어난 일부 고수만이 알아챌 수 있다.

보통의 혈고가 좁쌀만 하다면, 태혈고는 육안으로 확인할 수 없는 크기다.

물이나 술에 섞어서 건넨다면 화경의 고수라도 알아챌 수 없다.

그런데 그 태혈고가 몸속에 들어가면 보통의 혈고보다 더 커진다.

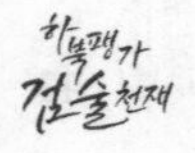

태혈고는 성장하며 신체의 일부처럼 머릿속 혈관에 딱 붙는다.

그러니 발병할 때까지는 그 누구도 알 수 없다는 말이었다.

태혈고로 인한 참사는 전생에도 겪은 적이 있었다.

정마대전 중간 무림삼존 중 하나인 일지대사를 죽음으로 몰아넣었던 것이 바로 고독 중 하나인 태혈고였다.

태혈고는 충격에 민감하다. 어느 정도 크기가 되면 정신적인 반응에도 민감해진다.

누구에게 쓰여지느냐에 따라 금제의 역할까지 할 수 있다는 말이었다.

특정 단어를 뱉으면 바로 혈고가 반응하게 만들 수도 있다.

만약 그것을 빼내려고 해도 바로 반응한다.

태혈고를 치료하려면 그것을 빼내야 한다.

고서에 따르면 혈고가 유일하게 반응하는 것이 바로 삼황초라고 한다.

밖으로 나온 성장한 태혈고는 외부와 반응해서 바로 말라비틀어진다.

완전히 성장한 태혈고는 환자의 양분이 없으면 살아갈 수 없기 때문이었다.

그런 이유로 환자가 죽으면 태혈고도 죽는다.

태혈고를 제거할 수 있는 유일한 방법은 혈맥에서 분리해서 외부로 빼내면 되었다.

그렇게 되면 모든 상황은 끝이다.

그리고 혈고를 혈맥에서 분리해서 밖으로 몰아내는 데 필요한 것이 바로 삼황초였다.

전생에는 일지대사를 구하지 못했다.

태혈고에 대한 해결 방법은 일지대사가 죽고 나서야 밝혀졌기 때문이다.

삼황초에 대해서 알아낸 것은 일지대사가 죽고 삼 개월 뒤였다.

일지대사가 죽지 않았다면?

한빈은 고개를 저었다.

전생에 겪었던 일지대사의 죽음은 누군가가 짜 놓은 거대한 계획의 일부일 수도 있다는 생각이 들었다.

삼황초 없이 태혈고를 처리할 수 있을까?

한빈은 힐끔 용림검법을 바라봤다.

자신의 치료뿐 아니라 남을 도울 수 있는 초식 중에는 기사회생이 있다.

하지만 이번만은 기사회생으로 상대를 구할 수 없을 것 같았다.

기사회생의 효과보다 환자의 뇌가 먼저 녹아내릴 것이었다.

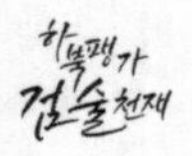

기적이 일어나서 기사회생의 효능이 환자에게 미친다고 해도 구 할만을 회복할 수 있다.

머리의 일 할이 기능을 잃는 것이다.

무인으로서, 아니 평범한 사람으로서도 살아가지 못할 것이었다.

전생에는 일지대사였고 이번에는 태극검제라니!

발병하는 시기도 전혀 달랐다.

누군가 강호라는 바둑판 위에 첫수를 놓은 느낌이었다.

한빈이 미소 지었다.

적들의 도발은 오히려 한빈이 원하는 바였다.

백경일까? 아니면 또 다른 암중 세력?

이 판에 적어도 훈수 두는 사람 하나 정도는 있다는 느낌이었다.

일단 확인하기 위해서는 삼황초를 구하는 것이 먼저였다.

묘한 한빈의 표정에 현문이 물었다.

"왜 그러는가? 팽 공자."

"아닙니다. 이번에는 구하겠습니다. 저들 마음대로 강호가 흔들리게 할 수는 없죠."

"흠."

"지금부터 제가 말하고 싶은 핵심을 말씀드리겠습니다."

"말해 보시게."

"먼저 제 말에 따라 줄 것을 약속하셔야 합니다."

"흠, 듣지도 않고 어떻게 약속하겠는가?"

"약속하지 않겠다고 하시면 저도 여기서 임무를 끝내겠습니다."

한빈의 말에 현문이 자리에서 일어났다.

화가 난 것이 아니라 놀라서 보인 행동이었다.

팽혁빈도 놀란 듯 눈을 크게 떴다.

이건 강호 최고 배분의 현문에게 보일 만한 태도가 아니었다.

거기에 태극검제가 보낸 밀서였다.

그런데 한빈이 저리 단호한 태도를 보인다니!

평소 아우의 모습을 아는 팽혁빈은 놀랄 수밖에 없었다.

잠시 어색한 침묵이 탁자 위를 오갔다.

흔들리는 그들의 눈빛만이 어지럽게 얽혔다.

먼저 입을 연 것은 현문이었다.

"무당을 도와주게. 내 어떤 일이라도 하겠네."

"……."

한빈은 입을 굳게 다문 채 고개를 돌렸다.

그의 시선이 머문 곳은 팽혁빈의 입술이었다.

팽혁빈도 약속하라는 무언의 압력이었다.

시선을 받은 팽혁빈은 살짝 당황했다.

먼저 약속부터 하라는 것은 현문에게 해당하는 것이라고 생각했다.

그는 자신에게는 해당되는 사항이 아니라고 생각했었다.

그런데 지금 한빈의 눈빛을 보면 팽혁빈까지 약속해야 말을 하겠다는 무언의 으름장을 놓는 듯했다.

의문도 잠시, 팽혁빈은 고개를 끄덕일 수밖에 없었다.

옆에서 강대한 기세가 그를 덮쳤기 때문이다.

그 기세의 주인은 다름 아닌 현문이었다.

사람 좋은 현문에서 투계 현문으로 변한 것이다.

그의 눈빛이 마치 아우를 못 믿는 형은 자신의 손으로 목을 비틀어 버릴 것이라고 위협하는 듯싶었다.

그만큼 마음이 급한 것이다.

팽혁빈이 수긍하자 한빈은 그제야 표정을 풀었다.

예의 바르며 상냥한 평상시의 모습으로 돌아온 것이다.

그제야 분위기는 다시 본래대로 돌아왔다.

"그럼 지금부터 주의 사항을 말씀드리겠습니다. 무당산에 도착하기 전까지는 제가 죽으라고 하면 죽는시늉이라도 하셔야 합니다. 즉, 제 말을 적극적으로 따라 주셔야 한다는 말입니다."

"약속하겠네. 그 정도 각오는 되어 있네."

현문이 고개를 끄덕이자 팽혁빈이 웃었다.

"그 정도의 부탁이라면 형인 내가 안 들어줄 수 없지. 솔직히 부탁을 안 해도 나는 네 말을 믿는다, 하하."

말을 마친 팽혁빈은 죽엽청을 통째로 입에 털어 넣었다.

뭔 그깟 일로 긴장하게 만들었냐는 듯 연신 입꼬리를 실룩이고 있었다.

그때 한빈이 말을 이었다.

“이제 두 번째 부탁입니다. 무당산에 올라서는 어떤 일이 일어나도 제 일에 관여하시면 안 됩니다. 저를 돕겠다고 하셔도 안 됩니다. 저와 상관없는 사람이 되어야 합니다.”

“헉, 그게 무슨 말이냐?”

“가문의 일원이자 정의맹의 일원이 되어야 한다는 말입니다.”

“네 말이 이해가 되지 않는다.”

“정의맹과 저 중 하나를 택하라면 누굴 택하시겠습니까?”

“그야…….”

“아마도 저를 택하시겠지요. 가족은 가문 그 자체니까요.”

“말 잘했다. 그건 당연한 말이 아니더냐.”

“그러지 마시라는 얘기입니다. 정의맹의 편에 서는 것이 가문을 지키는 일이 될 수도 있다는 말입니다.”

“그럴 리야 없겠지만, 정의맹이 네 목에 칼을 들이민다면?”

“제 말의 핵심은 그럴 경우, 제 목에 칼을 들이미는 시늉이라도 하셔야 한다는 말입니다.”

“흠, 어려운 부탁이구나.”

“미리 약속하시지 않았습니까?”

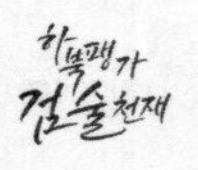

한빈이 웃으며 검지를 펴서 입술을 가리켰다.
남아일언 중천금이라는 뜻이었다.
그 말에 팽혁빈은 힘없이 고개를 끄덕였다.
한빈이 아무렇지 않게 말을 이었다.
"이건 현문 어르신께도 똑같이 적용되는 말입니다."
순간 현문의 눈이 화등잔만 하게 커졌다.
"그, 그게 무슨 말인가?"
"말 그대로입니다. 무당산에 도착하면 이전까지의 관계는 모두 잊으십시오."
"허허, 그리하겠네."
현문은 너털웃음을 터뜨렸다. 형에게도 강요한 주의 사항이었다.
한빈을 아무리 좋아한다고 해도 피 한 방울 섞이지 않은 자신이 거부할 수 없었다.
그때 한빈이 빙긋 웃으며 말을 이었다.
"그럼 마지막 부탁입니다. 마지막 부탁은 제가 했던 모든 말을 다른 이에게 옮겨서는 아니 됩니다."
한빈의 말에 팽혁빈과 현문은 반사적으로 고개를 끄덕였다.
어찌 보면 가장 들어주기 쉬운 부탁이었다.
한바탕 감정의 폭풍이 소용돌이쳤던 실내에는 다시 정적이 찾아왔다.

술잔을 드는 소리.

병째 들이켜는 소리.

그리고 가끔 들려오는 그들의 정이 담긴 목소리가 풍경화처럼 실내를 채웠다.

술이 다 떨어지자 한빈이 자리에서 일어났다.

"저는 이만 가 보겠습니다."

"하나만 물어도 되겠나?"

현문이 조용히 한빈을 불렀다.

한빈이 몸을 돌려 고개를 살짝 숙였다.

"말씀하시지요."

"삼황초의 행방은 정말 알고 있는 것인가? 그리고 그것이 사형을 쾌차시킬 수 있다는 것도……."

"구 할 정도는 맞습니다. 제가 알고 있는 사실도 구 할 정도, 그리고 쾌차시킬 수 있는 확률도 구 할입니다. 나머지는 천지신명께서 정하실 일이지요."

"알겠네. 진인사대천명! 원시천존께 모든 것을 맡기겠네."

현문은 의외로 빨리 수긍했다.

그는 그제야 도인다운 허허로운 표정을 보였다.

그날 저녁.

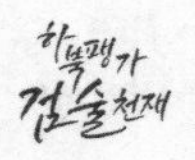

한빈은 김이 모락모락 나는 차를 앞에 두고 장자명과 마주 앉아 있었다.

한빈의 표정은 여유로운 반면, 장자명은 불안한 듯 찻잔만을 바라보고 있었다.

장자명이 불안해하는 이유는 간단했다.

무당산으로 향하는 길에 동행하자고 할까 봐서였다.

한빈의 옆에 있으면 얻는 게 있긴 했다.

하지만 잃는 것이 더 많았다.

장자명이 가장 많이 잃었다고 생각하는 것은 바로 건강이었다.

한빈의 옆에 붙어 있으면 묘하게도 피곤함이 가시지 않는다.

영약이란 영약을 모조리 다 챙겨 먹고 몸에 좋다는 것을 다 먹어도 피곤이 가시지 않는다.

물론 장자명도 이유를 알고 있었다.

한빈은 사람을 부려 먹어도 너무 철저하게 부려 먹는다.

천수장의 극양지기를 품은 영초의 관리에서부터 시작해서 환자의 치료까지.

바로 얼마 전 서기들의 훈련을 생각하면 치가 떨렸다.

정작 죽어 나간 것은 서기들이 아니라 장자명이었으니까.

불안에 떠는 장자명을 조용히 바라보던 한빈이 드디어 입을 열었다.

"몸이 근질근질하지 않습니까? 장 의원."

"허허, 팽 공자. 그게 무슨 말이오? 근질근질한 게 아니라 공자가 진행한 두 번의 훈련 덕분에 내 몸은 야들야들해졌다오. 이건 몸인지 시든 파 뿌리인지 구분이 안 되오이다."

장자명이 어색하게 웃으며 손을 휘휘 저었다.

그 모습에 한빈이 눈을 빛냈다.

"그렇게 유연한 몸 상태가 무인이 원하는 최상의 상태지요."

"허, 이것 참……. 나는 무인이 아니잖소."

"그 정도 영약을 드셨으니 내공이 일류 수준에 버금가지 않나요?"

한빈의 질문에 장자명은 입술을 굳게 닫았다.

"……."

그는 당황한 표정까지 드러냈다.

그가 일류 무인에 버금가는 내공을 쌓았다는 것은 자신만의 비밀이었기 때문이다.

장자명은 한빈의 눈치를 살피며 기연을 떠올렸다.

영초를 재배하고 영약을 제조하는 일은 장자명의 일이었다.

그것은 온전히 수행하려면 영초를 맛보고 영약의 효험을 몸소 체험해야 했다.

덕분에 장자명은 적잖은 내공을 쌓을 수 있었다.

내공 수준만으로는 일류와 절정의 중간이라고 보면 되었다.

내공 심법 같은 게 아닌 순수한 영약의 효능이었다.

강호의 의원 중에는 내공을 쌓은 의원들이 제법 있었다.

그들 중 장자명 같은 예는 없었다.

필요에 의해 운기 토납법 같은 심법으로 내공을 쌓은 것이지, 영약으로 기초를 닦은 이는 아무도 없었다.

오로지 장자명이 유일했다.

놀란 장자명의 앞에 한빈이 서책 하나를 쓱 건넸다.

서책의 위에는 제목 하나가 덩그러니 있었다.

은연심법(隱然心法)

순간 장자명의 눈이 커졌다.

"이, 이게 뭡니까?"

"장 의원이 고생한 것에 대한 보상이라고 보시면 됩니다. 물론 앞으로의 고생도 포함해서요."

"허."

장자명의 입에서 가느다란 한숨이 흘러나왔다.

은연심법이라?

이름만 들으면 마치 은신과 관련된 무공 같지만, 이것은 의원들 모두가 탐내는 심법이었다.

자신의 기를 환자의 기와 완벽하게 조화를 이루게 만드는 원리가 담긴 비급이었다.

환자를 치료하다 보면 가끔은 환자의 호신강기와 의원의 생기가 상충하게 된다.

자신의 몸을 보호하려는 것이 무인의 본능이기 때문이다.

하지만 은연심법을 익힌 의원은 그런 제약을 받지 않는다. 말하자면, 기에 은신술을 펼치는 수법이었다.

이 심법을 수련하려면 영약으로만 일류의 경지를 만들어 놔야 한다.

의원들이 이 심법을 익히기는 하늘의 별 따기.

타인을 치료하기 위해서 막대한 영약을 쏟아붓는 가문 혹은 문파가 강호에 어디 있을까?

심법은 존재하되 그림의 떡인 비급이었다.

오죽하면 의원 사이에서 비중화(秘中畵)라는 말이 있을까.

그림 속의 비급이라는 말이었다.

그런데 이런 심법이 담긴 비급을 장자명에게 내민 것이다.

딱 쓸 사람을 맞춰서 내밀었다는 건 한빈이 장자명의 성취를 알고 있다는 것.

장자명이 궁금한 것은 이 비급의 진위였다.

그는 한빈과 비급을 번갈아 쳐다봤다.

한빈이 씩 웃으며 비급을 가리켰다.

"진품 맞습니다. 황궁에서 가져왔으니 틀림없겠지요."

"황궁이라니요?"

"이 비급을 쓸 수 있는 집단이 황궁 말고 또 어디에 있겠습니까?"

"그럼……."

"진품은 맞지만, 필사본입니다."

"그래도 이걸 어떻게……."

"제가 나라에 공을 세운 이야기는 얼핏 들었겠지요, 장 의원."

"흠, 그야 들었습니다."

"제가 상으로 뭘 받을 거냐고 해서 이 서책을 택했습니다."

"앗."

장자명의 눈이 화등잔만 해졌다.

그러더니 비급을 쓰다듬었다.

그 눈빛이 예사롭지 않았다. 당장이라도 눈물을 쏟을 것만 같았다.

다급히 표정을 수습한 장자명이 말했다.

"저를 그리 생각해 주신 겁니까? 팽 공자님."

"그럼요. 장 의원은 우리 식구의 건강을 책임지고 있는 사람 아닙니까?"

"그, 그건 그렇지요."

"장주인 제가 장의원을 신경 쓰지 않으면 누가 신경 쓰겠습니까?"

한빈은 사람 좋은 얼굴로 찻잔을 들었다.

차로 입술을 적신 한빈은 조금 더 표정을 가다듬었다.

사실 반만 사실이었다.

장자명을 위한 것은 맞지만, 황궁에 특별히 부탁한 것은 아니었다.

한빈이 의술에 능하다는 것을 안 황제가 이 비급을 딸려서 보낸 것이다.

사실 이 비급은 화타가 저술했다고 전해진다.

화타가 후대에 전하기를, 필요한 의원은 이 비술을 익히라고 했다.

덕분에 여러 문파에 전해지기는 했지만, 모두 소실되고 황궁에만 남아 있었다.

그 이유는 바로 앞서 말한 그 실용성 때문이었다.

이 비급은 오직 영약이 넘쳐 나는 황궁에서만 의미가 있었다.

한빈은 호의를 베푸는 이유를 드러내기 위해 살짝 입술에 침을 발랐다.

그러고는 조금 더 짙은 미소를 얼굴에 둘렀다.

"사문이 궁금하지 않으십니까? 장 의원."

"그게 무슨 말씀입니까? 저를 내치시려고요?"

이제는 천수장이 자신의 집인 듯 말한다.

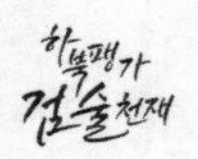

한빈은 터져 나오려는 헛웃음을 속으로 삼켰다.
장자명의 속마음은 한빈도 알고 있었다.
어제까지만 해도 계약 기간이 끝나면 튀려던 눈치였니까.
한빈이 손을 내저었다.
"제가 장 의원을 내치기는요. 사문에 두고 온 사매가 보고 싶다고 언젠가 말씀하지 않았습니까?"
"팽 공자는 별걸 다 기억하시는군요, 허허."
장자명이 어색하게 웃었다.
그는 힘들 때마다 사매의 이야기를 했다.
그는 언젠가는 백독문으로 돌아가 큰소리치며 자신이 강호 최고의 의원이자 강호 최고의 독술가라는 것을 자랑하고 싶었다.
물론 아직까지는 꿈이었다.
그는 힘들 때마다 한빈에게 자신의 심중을 털어놨었다.
한빈은 사람 좋은 얼굴로 말을 이었다.
"식구니까요."
"식구라……."
말끝을 흐린 장자명이 입을 벌렸다.
단어 하나가 그의 심금을 울렸다.
다시 또 울 것 같은 표정을 한 장자명을 본 한빈이 웃었다.
"우리 길을 떠나는 김에 장 의원의 사문에도 한번 들릅시다."

"제 사문에 들른다는 것은 백독문에 들르시겠다는 말입니까?"

"당연하지요. 장 의원은 지금 천하제일의 의원이자 천하제일의 독술가입니다."

"제가요?"

"강호 전역에서 몰려든 의원들이 치료하지 못한 하남정가 가주를 누가 치료했습니까?"

"……."

"황궁의 의원도 치료 못 한 신창양가의 가주를 치료한 사람은 누구입니까?"

"왜 제 얼굴에 금칠을……."

"금칠이 아닙니다. 그 질병의 원인이 바로 독 아닙니까? 그렇다면 장 의원은 강호 최고의 의원이자 독술가라고 할 수 있습니다. 이 말은 제가 책임지지요."

"그렇게 말씀해 주시니……. 감사합니다."

장자명은 진심으로 고마웠다.

비록 죽도록 고생은 했지만, 이 모든 경험을 쌓게 해 준 것이 한빈이었으니까.

사실 한빈이 없었다면 독의 존재도 몰랐을 것이며 치료도 못 했을 것이다.

장자명의 눈빛은 달빛을 받은 연못같이 빛났다.

연못은 작은 바람에 흔들리는 법이었다.

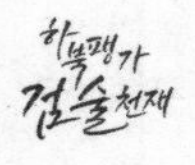

한빈의 금칠이 작은 바람은 아니었는지 장자명의 눈빛은 거세게 흔들렸다.
그 표정의 변화를 확인한 한빈이 재빨리 말을 이었다.
"별말씀을요. 그럼 같이 가는 것으로 알겠습니다, 장 의원."
"제안해 주셔서 감사합니다. 그럼 기다리고 있겠습니다, 팽 공자님."
장자명은 몇 번이고 고개를 숙였다.
한빈은 별다른 말 없이 흡족한 표정으로 장자명의 어깨를 토닥였다.

한빈이 나가고 방에 홀로 남은 장자명은 다 식은 차를 입에 털어 넣었다.
입 속에 차를 넣고 나자 정신이 맑아졌다.
그는 서책을 펼쳤다.
한빈이 말한 대로 황궁의 학사들이 필사한 서책이 분명했다.
이렇게 정갈한 필체의 서책은 본 적이 없었다.
사실 문파에서 전해지는 비급은 서체가 엉망인 경우가 많았다.
그런데 이 서책의 필체는 마치 활자로 찍어 놓은 것 같았다.

거기에 내용도 의술의 기본에서 벗어나지 않았다.

이건 내공 심법이자 훌륭한 의서였다.

그는 한빈의 온기가 남아 있는 서책을 쓰다듬었다.

한참을 쓰다듬던 그는 고개를 갸웃했다.

뭔가 중요한 일이 분명히 오갔다.

그런데 그게 뭔지 기억나지 않았다.

"뭐지? 그러니까, 이 비급을 받고 감동하고……. 참 그 전에 내가 뭘 고민하고 있었지?"

자문자답하던 그의 눈이 커졌다.

이제야 상황이 기억난 것이다.

무당산으로 향하는 행렬에 끼지 않으려고 결심하고 있던 상황에 한빈이 이 비급을 준 것이다.

거기에다가…….

그는 입을 크게 벌렸다.

한빈의 말에 의하면 무당산으로 가는 길에 백독곡에 들르자고 제안했다.

그것을 자신은 넙죽 승낙했고 말이다.

그의 사문은 백독곡에 있는 백독문이었다.

사천당가와 더불어 독으로는 양대산맥이라는 바로 그 백독문이었다.

사천당가와는 조금 다르게, 백독문은 강호에 모습을 드러내지 않는다.

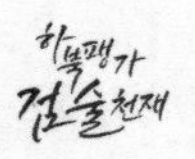

그저 순수하게 독을 연구하는 집단이었다.

덕분에 백독문의 이름은 알지만, 위치를 아는 이들은 드물었다.

뭐, 십 년에 한 번 열리는 백독지회를 제외하고는 외부인을 절대 받지 않는 것이 백독문이었다.

"백독지회라……."

생각이 거기까지 미친 장자명은 머리를 감싸 쥐었다.

하필이면 일주일 뒤가 백독지회가 열리는 날이었다.

백독지회가 열리는 기간에는 장자명의 사부가 폐관을 마치고 밖으로 나온다.

그 얘기는 지금 백독문에 가면 그의 사부와 딱 마주친다는 말이었다.

이건 죽음을 뜻한다.

몰래 백독문을 뛰쳐나온 것이 벌써 이 년이 넘었다.

그나마 백독문의 문주인 그의 사부가 장기간 폐관 수련에 들었기에 안심하고 있었다.

그런데 지금 가면 정면에서 맞닥뜨릴 수밖에 없다.

거기다가 무당산이라니!

이건 장자명이 원하던 바가 아니었다.

장자명은 천수장에서 뒹굴뒹굴하면서 가끔 마을 사람들을 진료할 생각이었다.

어디서부터 잘못된 것일까?

하지만 은연심법을 얻었으니 인제 와서 안 따라간다고 할 수도 없었다.

그러고 보니 한빈이 했던 말 하나가 떠올랐다.

이건 이제까지의 고마움과 앞으로의 고마움까지 더해서 주는 보상이라고 말이다.

그 앞으로가 무당산으로 가는 길을 말하는 것 같았다.

그것도 백독문을 들러서 말이다.

장자명은 여기서 한 가지 의문이 들었다.

왜 한빈이 백독문에 들르려고 할까 하는 점이었다.

처음에는 한빈이 자신을 위해서 백독문에 들른다고 생각했다.

하지만 조금 감정을 수습하고 나자 한빈이 그럴 인간이 아니라는 것을 깨달았다.

백독지회는 중원의 모든 독인이 모여 독을 겨루는 자리였다.

백독지회의 백독은 숫자가 아닌 흰 백(白)자를 쓴다.

그래서 백독문(百毒門)을 누군가는 백독문(白毒門)으로 부르기도 한다.

왜 독을 다루는 문파와 대회에 흰 백 자를 쓸까?

흔히 독을 표현하는 색에는 검은색과 청색 그리고 남색, 붉은색 등이 있다.

그것은 독에 중독되면 사람의 피부가 그와 같이 변하기 때

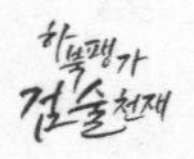

문이다.

그 색의 종류에 따라 독의 종류를 판단한다.

그리고 해독 방법을 결정하는 것이 일반적이다.

물론 같은 색이라도 수백 가지의 원인이 있지만, 일단 종류를 줄여 나가는 것이 일반적인 치료 방법임에는 분명하다.

하지만 백독문은 증세가 없는 독을 주로 연구한다.

백독지회에서 독인들이 겨루는 독도 마찬가지다.

흔적이 남지 않는 독을 말하는 색이 바로 흰 백 자였다.

즉 강호에서 흔히 볼 수 없는 독들을 자랑하는 자리였다.

물론 해독제가 있는 독만을 겨룬다.

그렇지 않다면 사상자가 속출하기 마련이니까.

백독지회

백독지회는 사람을 죽이려는 독인들의 모임이 아닌, 독술을 발전시키려는 독인들의 모임이었다.

그 모임의 주최자가 바로 백독문이었다.

백독문의 목표는 세간에 알려진 것과는 달리 수만 가지의 독을 다루는 것이 아니었다.

똘똘한 한 가지 독을 만들어 내는 것이었다.

어찌 보면 백독문은 독에 있어서는 사천당가와 대척점에 있는 문파였다.

사천당가는 만독(萬毒)을 목표로 한 문파니 말이다.

물론 사천당가는 무당산의 영웅 대회가 코앞인 관계로 안 올 수도 있었다.

영웅 대회와 백독지회에 동시에 참가하는 것은 득보다 실이 더 많다.

그곳에 갔다가 영웅 대회에 참석한다면 모든 문파가 사천당가를 피할 것이었다.

백독지회에 참석해서 어떤 독을 묻혀 왔을지 모르는데, 누가 과연 가까이 올까.

바로 이런 이유였다.

그런데 하북팽가는 백독지회에 참석하겠다고 아무렇지 않게 밝히다니?

물론 하북팽가의 의견이 아니라 한빈의 머리에서 나온 것임을 장자명은 알고 있었다.

그래도 이건 무리수였다.

그와 한빈 둘, 모두에게 말이다.

한빈이 그걸 모를 리 없는데 왜 백독지회에?

장자명의 머릿속에는 의문이 계속 차올랐다.

하지만 장자명은 무의식적으로 방구석에 마련해 둔 탁자로 걸어갔다.

그는 아무 생각 없이 약초를 빻았다.

툭. 툭.

약초를 빻던 그는 자신도 모르게 놀랐다.

“에이씨, 나도 모르게…….”

그의 말은 진심이었다.

누가 시키지 않아도 본능적으로 영약과 치료제를 조제하고 있었다.

모두 한빈이 이렇게 만든 것이다.

정신 차린 장자명은 한빈이 빠져나간 문을 조용히 바라봤다.

그의 눈빛에는 복잡한 감정이 얽혀 있었다.

이틀 뒤.

그들은 천수장이 아닌 하북팽가의 앞에 섰다.

그곳에는 가주 이하 모든 수뇌부가 모여 있었다.

가주 팽강위는 근엄한 표정으로 팽혁빈을 바라봤다.

"준비됐느냐?"

"네, 준비됐습니다. 이번 영웅 대회에서 가문의 명성을 널리 알리고 오겠습니다."

팽혁빈이 깊숙이 포권하자, 가주 팽강위가 옆쪽으로 손을 내밀었다.

대기하고 있던 팽대위는 호랑이가 진하게 음각되어 있는 팔뚝만 한 직사각형 물체를 전달했다.

팽강위가 건네받은 그것은 이름이 적혀 있는 패였다.

패를 확인한 가주는 그것을 다시 팽혁빈에게 건넸다.

순간 뒤쪽에서 이를 지켜보던 수뇌부가 웅성대기 시작했다.

"저, 저건……."

"저걸 건넨다는 건……."

그들이 이렇게 당황한 것은 팽강위가 건넨 패가 가지는 의미 때문이었다.

그가 건넨 것은 하북팽가의 시조 때부터 전해 내려오던 가문의 신물이었다.

이름하여 벽력패.

혼원벽력도를 창안하였던 하북팽가의 시조, 팽도훈의 신분 패였다.

덕분에 벽력패는 하북팽가의 신물이 되었다.

가주가 바뀌면 바뀌는 가주 패와는 달리, 벽력패는 대대로 전해 내려왔다.

벽력패는 오랜 세월 동안 하북팽가의 태사의 뒤에 버티면서 가주의 권위를 나타내 주었다.

그런데 그것을 건넨다는 건은 그 권위를 이양하겠다는 것과 마찬가지였다.

모두가 웅성이자 팽강위가 다시 말을 이었다.

"이 벽력패를 가지고 있는 동안에는 가주를 대신함을 잊지 말거라."

"명심하겠습니다."

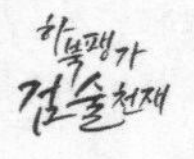

"벽력패를 가지고 있는 자가 가문을 대신함을 잊지 말아라."

팽강위는 이번에는 목소리에 감정을 뺐다.

가주로서의 위엄이 혼원도에 스며드는 착각마저 들 정도로 추상과 같은 목소리였다.

사실 가주를 대신한다는 것과 가문을 대신한다는 것은 차원이 다른 이야기였다.

가문을 대신한다는 것은 말 그대로 가문 그 자체의 권위를 준다는 것.

벽력패를 가지고 있는 동안에는 팽혁빈이 가주라는 이야기였다.

즉 영웅 대회에서 어떤 일이 일어나든 팽혁빈에게 맡기겠다는 뜻이었다.

벽력패를 든 팽혁빈의 손이 살짝 떨렸다.

신물의 무게가 마치 수만 근처럼 느껴졌다.

"그건……."

"그냥 알았다고 해야 하북팽가의 권위가 설 것이 아니더냐? 그 벽력패는 흠집 하나 내지 말고 내게 가져와야 된다."

팽혁빈의 무사 귀환이 그가 마지막으로 내린 지시였다.

"명심하겠습니다."

팽혁빈은 고개를 숙인 뒤 한 발 뒤로 물러났다.

이제 무당산으로 떠나기 위한 모든 절차가 끝났다.

가주에 대한 보고가 끝났으며.

가주의 허락이 떨어졌다.

그때였다.

가주 팽강위가 고개를 갸웃했다.

팽혁빈이 이번에 데려간다고 보고한 세 명의 각주 때문이었다.

그중 하나의 눈빛이 조금 유별났다.

팽강위의 시선을 눈치챈 팽혁빈이 물었다.

"왜 그러십니까?"

"조향각주의 표정이 조금 남달라서 그런다. 너무 들떠 있는 것은 아닌지……. 허허."

"무슨 걱정 하시는지 압니다. 처음 떠나는 길이라서 그런가 봅니다."

"하긴, 무가의 구중심처인 조향각에 틀어박혀 있다 보면 힘든 일도 많겠지. 이번에 돌아오면 조향각이 아닌 다른 임무도 맡긴다 전해라."

팽강위는 오해하고 있었다.

조향각주 악필승은 들뜬 표정을 하고 있는 것이 아니었다.

미칠 것 같은 감정을 드러내지 않기 위해서 안절부절못하고 있는 중이었다.

지금 팽강위의 말은 악필승도 똑똑히 들었다.

그는 하늘이 무너지는 것 같았다.

돌아오면 하북팽가의 식당인 조향각에 틀어박혀서 평생 요리나 하면서 살리라 결심했다.

그런데 이번에 돌아오면 다른 임무를 맡긴다니!

이건 보상이 아니라 벌이었다.

팽강위가 환하게 웃자 팽혁빈이 마지막으로 포권한 뒤 돌아갔다.

팽혁빈과 각주들 그리고 적혈맹호대 일부가 이번 행렬에 참가했다.

팽혁빈이 손짓하자 그들은 하북팽가에서 멀어졌다.

하북팽가에서 어느 정도 멀어지자 주작각주 가기군이 팽혁빈의 옆으로 다가왔다.

"저 마차는 왜 준비한 것입니까?"

"흠, 고수를 위해서 준비한 것이다."

"그러고 보니 사 공자가 준비한다던 고수는 대체 언제 오는 겁니까?"

"아마 지금쯤 올 때가……."

팽혁빈은 말끝을 흐렸다.

희미한 기세가 뒤쪽에서 다가왔기 때문이다.

하지만 위협적이지는 않았다.

기척을 죽인 것은 아닌지, 발소리도 제법 요란하게 울렸다.

타다닥.

타다닥.

말발굽 소리와 같은 발소리가 다소 방정맞게 울릴 때쯤 하나의 신형이 나타났다.

그는 다름 아닌 백호각주였다.

백호각주는 팽혁빈의 앞에 와서야 속도를 줄였다.

그는 숨을 몰아쉬며 팽혁빈에게 포권지례를 올렸다.

머리가 땅까지 닿을 듯한 그 모습은 누가 봐도 이상해 보였다.

다만 팽혁빈만은 아무 표정 없이 웃고 있을 뿐이었다.

뒤쪽에 있던 주작각주 가기군이 재빨리 앞으로 나서려 하자, 팽혁빈이 손을 들어 막았다.

그때까지도 백호각주는 허리를 펴지 않고 있었다.

묘한 상황에 모두는 마른침만 삼켰다.

백호각주의 앞으로 간 팽혁빈이 그의 어깨를 토닥였다.

"그만 일어나시지요, 백호각주."

"네, 대공자님."

"그런데 왜 이리 급하게 온 겁니까? 무당산으로 가는 일행은 모두 선발이 끝났습니다. 이렇게 온다고 해도 백호각주의 자리는 없습니다."

"그, 그게 아닙니다. 대공자."

"그럼 내게 전해 줄 말이라도 있는 겁니까?"

"네, 그렇습니다."

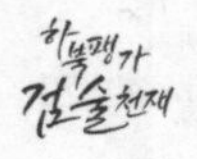

말을 마친 백호각주가 갑자기 무릎을 꿇었다.
털썩.
그 모습에 뒤쪽에서 웅성대는 소리가 들려왔다.
그를 일으켜 세운 팽혁빈이 진기를 끌어올렸다.
바람에 부대끼던 낙엽과 먼지가 살짝 뒤로 밀려 났다.
진기가 먼지와 낙엽을 밀어 내고 있는 것이다.
주작각주 가기군의 눈에는 그 모습이 진기의 충돌 현상으로 보였다.
오해한 주작각주 가기군이 달려 나가려고 했다.
그때 어디서 나타났는지 설화가 그의 소매를 잡았다.
"주작각주 아저씨."
"어, 설화야. 위험하니 너는 물러나거라."
"그게 아니라, 지금 대공자님이 기막을 펼치신 거예요. 아마 긴히 할 말이 있는 것 같아요."
"긴히 할 말이 있다고? 대체 무슨 말을 나누려고 저리……."
"무슨 말인지 주작각주 아저씨가 말해 주세요."
"내가?"
"아저씨는 구순술을 할 수 있잖아요."
"흠."
주작각주 가기군이 침음을 삼켰다.
이건 다른 이들은 모르는 비밀이었다.

물론 가주와 집법당주는 그것을 알고 있었다.

구순술이란 입 모양만 보고 상대의 말을 파악하는 수법이었다.

이 수법은 몇몇 상황에서 유용하게 쓰인다.

그중 하나가 지금처럼 기막을 펼쳤을 때였다.

이 수법을 익히게 된 것은 정보를 담당하는 주작각의 특성 때문이었다.

주작각주는 항상 눈과 귀를 열어 놓아야 했다.

거기에서 한 단계 더 나아가 남이 볼 수 없는 것을 봐야 하고 남이 듣지 못하는 것을 들어야 했다.

그것이 정보를 담당하는 자의 책무였다.

구순술은 가기군의 숨겨 놓은 한 수.

팽혁빈도 모르는 것이었다.

그런데 설화가 아무렇지 않게 말하자 가기군은 놀랄 수밖에 없었다.

"다 소문났어요. 하북팽가에서 유일하게 구순술을 할 수 있는 사람이 아저씨라고 하던데요."

"아……. 누가 소문냈을까나?"

"지금은 그게 중요한 게 아니죠. 정보 수집이 아저씨의 임무잖아요."

"……."

가기군은 설화의 말에 답하지 않았다.

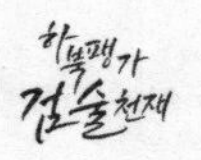

팽혁빈과 백호각주의 대화에 집중했기 때문이었다.

기막을 펼쳐서 목소리는 들리지 않았지만, 팽혁빈과 백호각주의 대화를 대충은 알아들을 수 있었다.

그들의 대화를 주시하던 가기군이 눈을 크게 떴다.

웬만한 일에는 꿈쩍도 안 하는 가기군의 눈빛이 지진이라도 난 것처럼 흔들렸다.

그것도 잠시, 그는 깊숙이 고개를 숙였다.

머리가 바닥에 닿을 정도, 아니 바닥에 닿았다.

그 모습을 보던 현무각주 담천호가 심각한 표정으로 물었다.

"무슨 일인가?"

"아무것도 아닐세. 기막을 펼쳐서 무슨 말인지 듣지 못했네. 그런데 이거 하나만은 온몸으로 느낄 수 있었네."

"그게 무엇인가?"

"대공자님과 막내 공자님은 우릴 진짜 가족으로 생각한다는 것이지."

"허허, 그야 이번 수련으로 알지 않았나?"

"그때 느낀 것 이상이라는 생각이 드네."

"참, 갑자기 그런 생각을 하다니……. 이건 낮도깨비도 아니고……. 하하."

하지만 주작각주 가기군은 웃지 못했다.

그는 당장이라도 울음이라도 터뜨릴 것 같았다.

백호각주를 보내고 온 팽혁빈은 고개를 갸웃했다.

세 명의 각주가 각양각색의 표정을 짓고 있기 때문이었다.

그들을 본 팽혁빈은 웃음을 지었다.

이게 한빈이 말한 마지막 목줄인가 싶어서였다.

한빈은 각주들이 진심으로 팽혁빈을 따르게 만들겠다고 했다.

처음에는 그게 무슨 뜻인지 몰랐다.

수련의 성과로 그들의 충성심은 그 어느 때보다 강했다.

지금 백호각주가 달려온 것은 자신의 죄를 토설하기 위해서였다.

팽혁빈은 그의 죄를 묻지 않겠다고 했다.

그가 죄를 고하기로 결심한 것은 다름 아닌 그의 집안 문제가 해결되었기 때문이었다.

그것을 해결해 준 사람은 다름 아닌 한빈이었다.

사실 가장 놀란 것은 한빈이 백호각주가 찾아오리라는 것을 알고 있었다는 점이다.

그가 찾아오면 기막을 펼치고 그의 죄를 덮어 준 후 서찰 하나를 전하라 했다.

그래서 서찰을 전했다.

기막을 펼쳤기에 아무도 모를 줄 알았다.

그런데 주작각주의 표정을 보면 마치 모든 것을 엿들었다는 느낌이 들었다.

모든 것이 아우의 책략 같았다.

어찌 된 일인지 몰라도 각주들의 눈빛이 하루가 다르게 점점 강렬해진다.

오늘도 마찬가지였다.

유명한 병법가들이 병사들의 마음을 얻는 방법과도 비슷했다!

당근과 채찍 그리고 더 달콤한 당근의 반복.

처음에는 겁을 주고.

그다음에는 달콤한 제안을 하고.

수련이라는 채찍을 통해 그들을 성장시켰다.

그 성장은 다시 당근으로 돌아오고 말이다.

그런데 배신자까지도 포용하는 너그러움을 보여 줬다.

만약 자신이라면?

팽혁빈은 생각에 빠졌다.

그것도 잠시, 그는 고개를 저었다.

아마도 불가능할 것이었다. 자신이라면 죄와 벌을 분명히 했을 것이며, 이렇게 세세한 계획을 짜지 못했을 것이다.

비단 이번 일뿐만이 아니었다.

사건을 바라보는 관점 자체가 평범한 무림인과는 달랐다.

거대한 음모에 대한 확신이 섰을 때 일반적인 무림인들은 일단 자신부터 벗어날 생각을 한다.

그다음에 생각하는 것이 바로 가문이다.

한빈처럼 음모에 맞서서 강호를 구할 생각을 하는 무림인은 아무도 없었다.

이것만 봐도 자신의 아우 한빈은 그릇 자체가 아예 다르다고 생각했다.

제갈공명이 현신한다면 아마 한빈과 같을 것이라 그는 생각했다.

팽혁빈은 본능적으로 한빈이 있는 천수장을 바라봤다.

한빈은 천수장에 들렀다가 온다고 했다.

조금 전 주작각주 가기군이 물었던 고수는 한빈이니 말이다.

그때였다. 앞서 걷던 현무각주 담천호가 손을 들었다.

멈추라는 신호였다.

현무각주 담천호의 표정은 마치 청강석으로 된 연무장 바닥처럼 딱딱하게 굳어 있었다.

상상도 못 할 기세가 가까워지고 있었다.

그 기세에 다른 각주들도 몸이 먼저 반응했다.

스릉.

스릉.

그들은 도갑에서 도를 꺼내 기수식을 취하며 팽혁빈을 감쌌다.

그들 중 가장 앞쪽을 맡은 것은 역시나 현무각주 담천호였다.

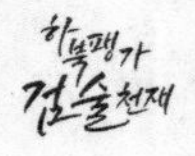

담천호는 침을 꿀꺽 삼켰다.

갑자기 공기가 얼어붙는 것 같은 싸늘함 때문이었다.

그의 경지는 얼마 전까지만 해도 절정이었다.

이번 수련을 계기로 초절정의 초입에 들어섰다.

하북팽가 내에서도 무공만으로는 담천호가 고개를 숙여야 할 상대는 없었다.

이번 수련을 계기로 그는 자신감을 호신강기처럼 온몸에 둘렀다.

그런데 상대의 모습도 보이지 않았는데 날카로운 쇠붙이가 그의 목덜미에 와닿는 것 같은 느낌이 들다니!

이건 상상도 못 했다.

가주에게서 이와 비슷한 기세를 느끼긴 했지만, 그건 가주로서의 위엄이 섞여 있기에 가능한 일이었다.

상대도 모르는데 이런 느낌을 받는다는 것은 위기라는 말이었다.

담천호는 도를 꼭 움켜쥐는 동시에 이를 악물었다.

강호에 나오자마자 팔 하나 정도는 내놔야 할 것 같은 불안감이 들었다.

그것도 잠시, 상대의 신형이 드러나자 앙다물었던 입술이 벌어지기 시작했다.

바로 기세 때문이었다.

초절정에 들어선 자신을 이렇게 압박하다니!

그러나 곧 담천호의 눈이 더 커졌다.

자신의 열 걸음 앞에서 한빈이 붉은 무복을 날리며 서 있었기 때문이다.

눈 깜짝할 사이에 간격 안으로 들어온 한빈이 월아를 검집째 슬쩍 들었다.

그러고는 검집으로 담천호의 도를 슬쩍 밀어 냈다.

"현무각주님, 일단 쇠붙이부터 치우고 말씀하시죠."

"죄, 죄송합니다."

"그런데 잘 버티시는 걸 보면 확실히 수련의 성과가 있나 보군요."

"혹시 그 기세가……."

담천호는 말끝을 흐렸다.

막내 공자 한빈이 자신을 위협할 정도의 기세를 뿜었을 리가 없기 때문이었다.

한빈의 경공이 놀라운 것은 사실이었다.

거기에 더해 독술과 의술은 하늘에 닿았다는 것을 인정하고 있었다.

가주전에서 천독이란 자의 독을 해독하는 것을 분명히 보았다.

천수장에서 수련을 마치고 내려오면서 마을 사람들이 막내 공자를 대하는 태도도 보았다.

그들은 한빈을 생불 혹은 의선이라 부르고 있었다.

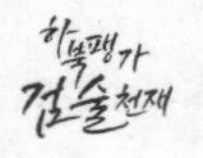

그때는 담천호도 뿌듯한 가슴을 주체하지 못했었다.
막내 공자 한빈은 무공을 제외한 모든 면에서 천재였다.
얼마 전까지만 해도 가문 내에서 먼지 같은 존재였던 한빈이 누구나 인정하는 천재로 거듭난 것이다.
이것은 담천호뿐 아니라 다른 각주들의 의견도 같았다.
하지만 무공만은 아니었다.
그때였다.
담천호가 눈을 가늘게 떴다.
뒤쪽에서 다시 기세가 느껴졌기 때문이다.
진짜 기세의 주인은 뒤쪽에 있다는 생각이 들었다.
기세뿐 아니라 수레 굴러가는 소리도 우렁차게 울렸다.
드르륵.
담천호는 재빨리 한빈을 뒤로 물리고 자신이 앞에 섰다.
"공자님, 피하시지요. 뒤쪽에서 심상치 않은 기세가 느껴집니다."
"현무각주님, 그러다 저분한테 맞을지도 모릅니다."
"그, 그게 무슨 말씀입니까?"
"늦었어요."
"네?"
현무각주 담천호가 고개를 갸웃할 때였다.
갑자기 뒤통수에서 소리가 났다.
빡!

소리가 먼저 들린 후 뒤통수가 얼얼해졌다.

통증이 있기 전까지는 자신이 가격당했는지도 몰랐다.

자연스레 현무각주 담천호의 중심은 앞으로 기울어졌다.

그때 한빈이 그의 소매를 잡았다.

"괜찮으십니까?"

"네, 저는 괜찮지만 적이……."

"괜찮습니다. 아군입니다."

"아군이라니요. 제가 공격을……."

현무각주 담천호는 말을 잇지 못했다. 살갗을 찌르는 듯한 살기를 느꼈기 때문이다.

그는 본능적으로 슬며시 시선을 돌렸다.

하지만 정확히 마주하지는 못하고 눈을 깔아 내린 채 상대를 살폈다.

순간 담천호는 사정을 알아챘다.

상대는 무당의 현문이었다.

무당파에서 파문 직전까지 이르렀으며 정파의 대표적인 망나니에서 최근에 개과천선한 인물이었다.

한빈과는 어느 정도 교류가 있어서 하북팽가에도 은밀히 방문한 적이 있는 무당파의 도사였다.

다른 각주들은 몰라도 현무각주 담천호의 담당 업무가 가문의 경비였기 때문에 잘 알고 있었다.

문제는 현문이 왜 왔느냐 하는 점이었다.

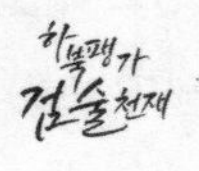

담천호가 그를 향해서 고개를 숙였다.

"도장께서 여기는 무슨 일로 오셨습니까?"

"그 날붙이는 치우고 말하지. 나는 날 향해서 칼을 겨누는 자를 그냥 두고 볼 만큼 여유 있는 사람은 아닐세. 뭐, 팽 공자의 일행에게는 예외지만……. 그러니 다행인 줄 알게."

현문이 턱짓으로 담천호의 도를 가리켰다.

담천호는 놀란 표정으로 재빨리 그의 도를 도갑에 갈무리 했다.

자신이 그에게 도를 겨누고 있다는 것을 이제야 알아챈 것이다.

"죄송합니다. 경황이 없어서 실례를 범했습니다."

"그런데, 기척만으로는 적인지 아군인지 판단이 안 되나 봐?"

"……."

담천호는 이를 악물었다.

막내 공자 한빈과 친분이 있는 데다 무림 최고의 배분을 가진 자였지만, 남의 가문의 각주에게 감 놔라 배 놔라 하는 것은 분명히 실례였다.

그 모습에 다시 현문이 말을 이었다.

"일단 부탁은 받았으니 무당산까지 가는 동안 수련에 도움을 주지."

"네? 그게 무슨 말씀인지요?"

담천호가 당황한 표정으로 물었지만, 현문은 답하지 않았다.

대신 조용히 고개를 돌렸다.

그가 바라보는 쪽에서는 한빈이 빙긋 웃고 있었다.

이전에 담천호에게 피워 냈던 기세는 신기루처럼 사라졌다.

"팽 공자, 내가 상대할 병아리가 이 셋인가?"

현문이 가리킨 것은 세 명의 각주였다.

한빈이 고개를 끄덕였다.

"네, 맞습니다. 조금 여유가 되시면 뒤에 있는 친구들도 부탁드립니다."

한빈이 뒤쪽에 있는 적혈맹호대 대원들을 가리켰다.

이번 행렬에 포함된 것은 심미호와 조호 그리고 장삼과 몇 명의 대원이었다.

현문이 의미심장한 눈으로 바라보자 그들은 고개를 잽싸게 돌렸다.

그들의 모습에 현문이 웃었다.

"하하, 팽 공자 수하 아니랄까 봐 눈치 하나는 빠르군. 죽을 자리인지 못자리인지를 딱 알아보는 것 보소."

"현문 어르신, 그게 그거 아닙니까?"

"어차피 죽는 것은 똑같지만, 못자리를 알아본 놈은 양지바른 곳에 묻히기 마련이지."

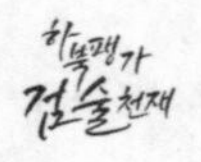

“초반부터 이리 겁을 주시면 어떻게 합니까?”
“자네가 부탁한 게 아닌가?”
“제가 부탁했다는 건 비밀이라고 하지 않았나요?”
그들 사이에 알 수 없는 대화가 이루어지자 옆에 있던 담천호의 얼굴색이 변했다.
몇 개의 단어가 자꾸 머릿속에서 걸렸다.
병아리니 못자리니 그런 말들이 여기에서 나온다는 것이 이상했다.
거기에 모든 말들이 가리키는 것은 바로 담천호를 비롯한 각주들이었다.
새파랗게 질린 담천호의 어깨를 한빈이 토닥였다.
“현무각주, 그렇게 겁먹지 마세요. 현문 어르신이 무당에 도착할 때까지 수련을 맡아 주시기로 했습니다.”
“대체…….”
“친절하게 가르쳐 주신다고 했으니 무서워하실 필요는 없습니다. 뭐, 정확히는 벌써 수련은 시작되었습니다.”
“그게 무슨 말입니까?”
“지금 적에게 뒤통수를 내주지 않았습니까?”
“그게…….”
“실전이라면 현무각주는 여기 서 있을 수 없습니다. 벌써 싸늘한 한 구의 시체가 되어 있겠죠.”
“흠.”

현무각주 담천호는 헛기침만 했다.

한빈의 지적은 정확했다.

막대한 기세만 보고 경계 태세를 갖추었다.

그런데 상대는 확인도 못 하고 뒤통수를 내주었다.

애초에 경계 같은 건 필요도 없다는 말이었다.

자신의 도가 그저 장식품에 불과했다고 생각하니 등골이 서늘해졌다.

순간, 현무각주 담천호는 마른침을 삼켰다.

자신이 오만했음을 인정하지 않을 수 없었다.

상대가 강하기에 팔 한쪽은 내주어야겠다는 생각 자체가 오만이었다.

지금 상황으로는 목 두 개라도 모자랐다.

초절정의 초입에 도달했다는 기쁨 때문에 잠시 자만했었다.

담천호의 눈빛이 깊어졌다.

그 눈빛이 현문이 웃었다.

"가르칠 맛이 나겠구먼. 젊어서 그런지 깨닫는 속도가 빨라."

"어르신, 가르침에 감사합니다."

담천호가 현문에게 포권했다.

그들의 대화가 마무리되자 팽혁빈이 다가왔다.

"어르신, 오시는 길은 불편하지 않으셨습니까?"

“뭐, 약속은 약속이니……. 죽으라면 죽어야 하지 않겠나. 에고, 삭신이야.”

현문은 어깨를 툭툭 치며 한빈을 바라봤다.

마치 칭찬을 바라는 눈빛이었다.

한빈은 모르는 척 저 멀리서 들리는 수레 소리에 집중했다.

“수레가 왜 이리 늦지?”

“팽 공자가 조심하라고 하지 않았나? 빨리 오려다가 물건이라도 떨어지면 낭패 아니던가?”

“하긴 그렇죠.”

팽혁빈은 팔짱을 끼고 심각한 표정을 지었다.

사실 이번 여정에 대해서는 모르는 것이 너무 많았다.

한빈에게 태극검제의 서찰에 대한 해석을 들었을 때는 가슴이 철렁 내려앉는 줄 알았다.

그게 사실이라면 하북팽가만의 힘으로 가능할까?

아니, 현재로서는 하북팽가가 아니라 여기 있는 인원이 아군의 전부였다.

한빈은 대체 삼황초를 어떻게 구할 수 있다는 말인가?

모든 것이 의문투성이였다.

팽혁빈도 궁금해서 삼황초에 대해서 알아봤다.

하지만 한빈이 말한 내용이 전부였다.

태혈고의 유일한 치료 방법이 삼황초라는 것은 몇몇 의서에 적혀 있긴 하나, 삼황초를 어떻게 구해야 하는지는 알 수 없었다.

팽혁빈은 힐끔 현문을 바라봤다.

눈치를 보니 그도 자세한 내용은 모르는 것 같았다.

하지만 그는 한빈을 믿고 있다는 듯 그저 고개를 끄덕이고 있었다.

그 모습에 팽혁빈은 아우에 대한 믿음이 부족한 것은 아닌지 자신을 의심해 봤다.

그때 수레가 모습을 드러냈다.

팽혁빈은 수레가 왜 이리 늦었는지 그제야 알 수 있었다.

수레에는 대충 봐도 엄청난 짐이 쌓여 있었다.

팽혁빈이 가지고 온 짐의 양과 비교한다고 해도 적지 않았다.

그가 하북팽가에서 가지고 나온 짐은 수레 네 대였다.

지금 눈앞에 보이는 수레도 네 대였다.

수레를 모는 마부에 그 옆에는 호위가 타고 있었다.

적잖은 인원이 동원되었다.

새로 온 수레의 깃발을 보니 천리 표국의 표사들이었다.

순간 팽혁빈의 머릿속에 의문 하나가 떠올랐다.

이번 여정을 위해 가문에서 지원해 준 자금은 모두 팽혁빈의 주머니에 있었다.

그런데 천리 표국의 표사까지 동원해서 이 많은 짐을 챙겨

온다고?

대체 막내는 그런 돈을 어떻게 마련했단 말인가?

팽혁빈은 현 상황이 이해가 되지 않았다.

가문에서나 무가지회 등의 행사에서 내기의 판돈을 한빈이 쓸어 간 것은 팽혁빈도 알고 있었다.

하지만 이것은 차원이 다른 문제였다.

생각해 보니 천수장 또한 그랬다.

아니 그전에 천수장을 사들인 후 멀쩡한 장원으로 만들어 놨다. 그 후 주변에 사람을 모아 정상적인 마을로 만들었다.

이 모든 일에는 막대한 비용이 들어갈 수밖에 없었다.

만약 그 성과를 혼자 힘으로 이루었다면, 한 번의 실패도 없이 승승장구했어야 했다.

그런데 혼자 힘으로 승승장구한 것이 맞았다.

가문이 직접적으로 지원해 준 적이 없으니 말이다.

의술과 독술뿐 아니라 상술까지도 뛰어난 것인가?

모든 것을 인정한다고 해도 가문의 도움도 없이 자신이 이룬 성과를, 가문에 이리 내놓는다는 것은…….

팽혁빈은 한숨을 삼켰다.

한빈의 희생이 너무 크다고 생각했기 때문이다.

그저 귀여운 동생으로만 봤는데, 가문이라는 짐을 짊어지고 있는 것 같았다.

정확히 말하면 한빈이 어깨에 짊어진 것은 강호일 수도 있었다.

팽혁빈의 묘한 눈빛에 한빈이 물었다.

"왜 그렇게 보십니까? 얼굴 닳겠습니다."

"아니, 이건 얘기하는 것이 좋겠구나."

"말씀하시죠, 형님."

"혼자 많은 짐을 지려 하지 말거라. 짐이 무거우면 나눠 들어야 하는 법이다."

"네, 그러지 않아도 준비하고 있었습니다."

한빈이 웃었다.

한빈은 팽혁빈이 어떤 착각을 하는지 알고 있었다.

이번 일이 끝난다면 한빈은 청구서를 쫙 돌릴 예정이었다.

이자까지 쳐서 말이다.

그게 이권일 수도 있었고 현금일 수도 있었다.

물론 무가지회에 온 무림세가에는 이런 일이 생길 것을 대비해서 미리 서약서를 받아 놨었다.

문제는 투자한 효과가 나올 것이냐 하는 점이었다.

이번에 투자한 비용은 못 건질 수도 있었다.

자칫하면 목숨을 담보로 조금 더 많은 이에게 손을 벌려야 할 수도 있었다.

한빈은 조용히 주변을 바라봤다.

아직까지는 차질 없이 계획이 착착 진행되고 있었다.

한빈의 표정을 본 팽혁빈이 고개를 갸웃했다.

"준비하고 있다고?"

"네, 무당파로 가면서 나눌 예정입니다."

"허허, 계획은 내게도 비밀이겠지?"

"차차 말씀드리겠습니다. 하루 이틀의 여정이 아니잖습니까? 형님."

"그래, 네 말이 맞다."

팽혁빈이 끄덕일 때였다.

맨 앞쪽의 수레에서 한빈과 하남정가로 갈 때 동행했던 표두 윤용호가 걸어 나왔다.

그는 팽혁빈과 한빈의 앞에서 작게 포권했다.

그들도 마주 포권할 때였다.

뒤쪽에서 장자명이 뛰어나왔다.

그는 한빈과 팽혁빈을 지나쳤다.

그는 바로 뒤에 있던 현문을 원망스럽게 바라봤다.

"어르신! 같이 가시지, 그렇게 뛰어가시면 어떻게 합니까?"

"발 빠른 나를 탓하는 겐가?"

"그건 아니지만, 저만 달랑 두고 가시면 어떻게 합니까? 그러다가 산적이라도 만나면 저는 어떻게 합니까? 이 약초가 어디 한두 푼입니까!"

"자네는 천리 표국을 못 믿는 건가?"

"그건 아니지만, 어르신이 제일 고수 아닙니까?"

그들의 대화에 팽혁빈이 눈을 크게 떴다.

"장 의원! 지금 약초라 하셨습니까?"

"그렇습니다, 대공자."

"혹시 뒤쪽 마차 세 대에도 약초가 실려 있는 겁니까?"

"네, 맞습니다."

"어떤 약초인지 물어봐도 되겠습니까?"

"뭐, 대부분이 희귀한 약초인데 그중에는 금양초와 한미초……."

장자명은 자신이 싣고 온 약초들에 대해서 대충 읊었다.

팽혁빈의 눈은 점점 커졌다.

장자명이 말한 약초는 보통 약초가 아니었다.

상처 회복이나 해독에 있어서는 타의 추종을 불허하는 효과를 가지고 있다고 알려진 약초.

저 정도를 긁어모았다면 하북에 있는 약재상을 탈탈 털었다고 봐야 했다.

돈도 돈이지만, 시간상 불가능한 일이었다.

아우가 가문과 강호의 짐을 짊어지고 있다는 판단은 바꿔야 했다.

짐을 짊어진 게 아니라 강호라는 커다란 바위에 눌려 있다는 표현이 맞을 것 같았다.

이건 희생이 아니었다.

마치 자신의 몸을 불태워서 강호의 평화를 지키려는 것 같

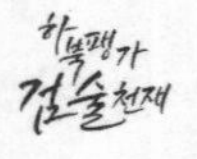

았다.

대체 무엇이 아우를 저리 만들었을까?

천수장 주변 사람들이 아우를 생불이라 부르는 이유를 알 것 같았다.

그리고 삼황초를 구할 방법과 저 약초가 연관이 있을 것이라는 확신도 뒤따랐다.

아무 대책 없이 현문에게 태극검제에 대한 안전을 약속할 한빈이 아니었으니 말이다.

팽혁빈은 자신을 자책했다.

아우에 대한 믿음이 부족했다는 생각이 들었다.

장자명과 현문의 합류로 그들은 행렬을 정비해야 했다.

약재가 실린 수레를 중간에 놓고 간격을 벌렸다.

이곳에서 가장 중요한 것은 누가 봐도 약재였다.

팽혁빈은 한빈이 구해 온 약재를 애지중지 다루었다.

약재의 위를 덮은 기름종이를 몇 번씩 확인했으며 천리 표국의 표사들에게도 별도로 부탁했다.

정비가 끝나고 나자 한빈이 장자명에게 손짓했다.

신호를 받은 장자명이 앞으로 나와 자신 있게 말했다.

"팽 공자, 저는 준비됐습니다."

"그럼 안내 부탁드립니다."

"네. 지름길로 가면 오 일이요, 관도를 통하면 열흘입니다. 어떻게 하시겠습니까?"

"지름길로 부탁드립니다. 이게 다 수련이니까요."

"흠, 괜찮으시겠습니까?"

"왜 저한테 묻습니까? 저 뒤의 각주들에게 물어봐야지요."

"허허, 표정을 보니 괜찮은 것 같습니다."

"그럼 출발하시지요."

한빈이 손을 내밀자 장자명이 자연스럽게 가장 앞쪽에 섰다.

그 모습에 뒤쪽에서 현무각주 담천호가 다급히 뛰어나왔다.

"호위를 맡기시겠다는 절세고수는 어찌 된 것입니까?"

"그건 바로 전데요."

한빈이 절세고수가 자신이라 밝히자 담천호가 웃었다.

"농담하지 마십시오, 공자님."

"농담이 아닙니다, 현무각주님. 제가 바로 그 고수입니다. 제가 왜 고수인지는 물론 비밀입니다."

"그게 대체……."

담천호는 고개를 돌려 팽혁빈을 바라봤다.

확인을 구하기 위함이었다.

팽혁빈이 고개를 끄덕이자 담천호의 눈은 한없이 커졌다.

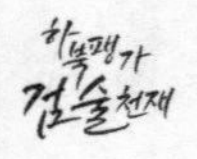

당황한 담천호는 주변의 눈치를 보았다.

가장 이상한 것은 분위기였다.

각주들을 제외한 모두가 인정하는 분위기였다.

가장 뒤쪽에 있는 적혈맹호대의 심미호는 뿌듯한 표정으로 미소를 피워 내고 있었다.

심미호가 누구던가?

각주들 사이에서는 냉미호라고 불리던 여인이었다.

그것은 차디찬 그녀의 성정 때문이었다.

그녀는 교관으로서 피도 눈물도 없었다.

사실 눈물을 흘릴 때는 있었다. 그건 바로 지루해서 하품할 때였다.

고된 수련에 각주들이 죽어 나가도 그것밖에 안 되느냐고 소리치며 하품하던 것이 바로 심미호였다.

각주들은 심미호가 절대 거짓말을 할 성격이 아니라는 것을 알고 있었다.

다음 날.

산서와 하북의 경계에 있는 추룡산맥의 초입.

추룡산맥은 하북과 산서의 경계를 기점으로, 용이 승천하는 듯한 모양으로 길게 뻗어 있는 산맥이었다.

다만, 북쪽의 용의 머리로 보이는 지형이 험해서 용의 앞에 추할 추(醜)를 붙였다.

산세가 험한 관계로 맹수가 산짐승조차 꺼려 한다는 산맥이었다.

물론 초입에 한해서였다.

아래쪽으로 가면 갈수록 산세가 여느 다른 산과 비슷하기에, 남쪽에는 약초꾼도 제법 드나든다.

문제는 북쪽의 험한 산세 때문에 상인들도 추룡산맥을 타는 것을 꺼려 한다는 점.

시간을 절약하려다가 이승에 있는 시간까지 단축시킨다는 동네 속담이 있을 정도였다.

추룡산맥의 초입에 도착하자 앞서가던 수레가 멈췄다.

수레에서 내린 장자명이 두 손을 교차시켰다.

멈추라는 표시였다.

그도 그럴 것이 추룡산맥은 마차와 수레가 통과할 수 있는 길이 뚫려 있지 않았다.

사람 하나 통과할 정도의 오솔길만이 뚫려 있는 상황이었다.

모두가 알고 있었지만, 그중 누구도 의문을 제기한 자는 없었다.

그들은 장자명이 자신 있게 이곳으로 안내했기에 뭔가 뾰족한 수가 있다고 생각하고 있었다.

그때 앞에서 길을 안내하던 장자명이 수레에서 내렸다.

그는 뒤쪽 팽혁빈과 한빈이 있는 곳에 와서 추룡산맥의 초입을 가리키며 말을 이었다.

"이제부터는 길이 없습니다, 팽 공자."

"고생했습니다, 장 의원."

"뭐, 여기서부터는 산자락을 따라서 남쪽으로만 가면 됩니다."

장자명은 길이 없는 게 당연하다는 듯 아무렇지 않게 추룡산맥의 초입을 가리켰다.

그들의 말에 팽혁빈이 조심스럽게 끼어들었다.

"이게 무슨 말입니까? 길이 없다니요?"

"팽한빈 공자께서 지름길로 안내하라고 했습니다."

"아우와의 대화는 들었습니다. 그럼 이쪽에 장 의원만 아는 길이 있는 겁니까?"

"길이라니요? 여기서부터는 마차가 들어가지 못합니다."

"허."

팽혁빈은 이 상황이 황당하기만 했다.

일단 한빈과 장자명을 믿고 있지만, 길이 없는 곳인지 알면서 이곳으로 안내했다는 말이었다.

이건 말도 되지 않았다.

그때 한빈이 조용히 천리 표국의 수레가 있는 곳으로 걸어갔다.

한빈은 안면이 있는 천리 표국의 표사 윤용호 표두에게 귓속말을 건넸다.

그 말이 끝남과 동시에 천리 표국의 마부들과 표사들이 움직이기 시작했다.

쟁자수들은 약초 더미를 모두 내려놨다.

그들은 눈 깜짝할 사이에 약초 더미를 내려놓고 수레를 몰고 떠났다.

남은 표사들은 하북팽가에서 가지고 온 수레 옆에 섰다.

갑작스러운 상황에 주변이 웅성대기 시작했다.

그와 동시에 한빈이 손가락을 튕겼다.

딱!

그 소리에 적혈맹호대도 움직이기 시작했다.

하북팽가에서부터 마차와 수레를 몰던 적혈맹호대 대원이 일제히 짐을 내렸다.

설화와 청화 그리고 소군도 각자 짐을 챙겨서 한빈의 앞에 왔다.

난데없는 상황에 팽혁빈이 눈을 가늘게 떴다.

"이게 무슨 짓이냐? 아우야."

"여기서부터는 걸어갈 겁니다."

그때였다.

자리에 남아 있던 천리 표국의 표사들이 하북팽가의 마차와 수레를 몰고 떠났다.

팽혁빈이나 각주들이 말릴 틈도 없었다.

수레바퀴 소리가 점점 멀어지자 팽혁빈이 물었다.

"그럼 무당산까지 걸어갈 셈이냐?"

"설마요. 그 길이 얼마나 먼데 걸어갑니까?"

"그럼 마차는 왜 보낸 것이냐?"

"저 마차는 화련산 남쪽 오 리 정도 떨어진 곳에서 기다릴 겁니다."

"화련산이라……."

팽혁빈이 고개를 갸웃하며 한빈을 바라봤다.

화련산은 추룡산맥의 가장 남단에 붙어 있는 산이었다.

산세는 험하고 맹독을 가진 산짐승과 벌레가 가득하다고 알려진 곳이었다.

이 때문에 약초꾼들도 이곳은 피해서 간다.

그런데 화련산으로 간다고 하니 고개를 갸웃한 것이다.

한빈이 망설임 없이 말했다.

"저희는 백독지회에 참석할 거니까요."

일신우일신 (1)

팽혁빈이 눈을 크게 떴다.

"백독지회라고 했느냐? 그렇다면 그곳에 백독문이 있다는 말이냐?"

"네, 맞습니다."

"네가 백독문의 위치를 어찌 안다는 말이냐?"

팽혁빈이 의심 가득한 눈빛으로 한빈을 바라봤다.

한빈은 그저 웃고만 했다.

한빈의 표정을 본 팽혁빈은 더욱 의문이 차올랐다.

그도 그럴 것이, 백독문이 있는 백독곡의 위치는 독인을 제외하고는 아는 이가 드물었다.

정확히 말하면 독인조차도 그 위치를 정확히 알지 못한다고 봐야 했다.

백독문이 있는 백독곡은 한 곳에 자리 잡지 않기 때문이었다.

독을 연구하는 문파답게 그곳의 독기가 가라앉으면 다시 위치를 옮긴다.

미리 준비해 둔 독기가 충만한 땅으로 옮기는 것.

팽혁빈의 눈에 호기심이 가득 찼다.

호기심 가득한 팽혁빈의 눈빛에 한빈이 답했다.

"어쩌다 보니 알게 되었습니다."

한빈은 장자명이 백독곡 출신이라는 것은 알리지 않았다.

백독문에 도착하면 당연히 알게 되겠지만, 지금은 때가 아니었기 때문이다.

놀람도 잠시, 팽혁빈은 고개를 끄덕였다.

하도 엉뚱한 아우이기에 백독문의 위치를 아는 것이 당연하다고 생각한 것이다.

대신 다른 의문이 생겼다.

"영웅 대회에 가는 길에 백독곡에 들른다니……. 굳이 그래야 할 필요가 있느냐?"

"필요합니다. 그곳에서 성과를 내지 못한다면 저는 무당산에 갈 필요가 없습니다."

"허."

팽혁빈이 작게 한숨을 토해 냈다.

한빈이 무엇을 말하는지 알 것 같아서였다.
삼황초가 백독문에 있는 것이 분명했다.
처음부터 백독문으로 간다고 했으면 모두가 술렁였을 테니 천리 표국의 표두까지 모두 보내고 이렇게 공표한 것이 분명했다.
하지만 의문이 모두 해결된 것은 아니었다.
"우리가 백독지회에 참가할 자격이 있느냐?"
하북팽가가 백독지회에 참가한다라?
명문 정파 중에 백독지회에 참가하는 문파는 사천당가를 제외하고는 없었다.
거기에 더해 참가 자격조차 없었다.
하북팽가가 백독지회에 참가한다면 오해받기에 딱 알맞았다.
독인들의 모임에 정파의 무인이 참가하는 경우는 보통 염탐의 목적밖에는 없으니까.
일단 무림세가는 백독지회에 입장하는 것조차 불가능하다.
독인도 아니고 초대장도 없는데 어찌 그 행사에 참여할 수 있단 말인가?
만약 삼황초가 백독문에 있다면 그것을 구하는 것은 불가능한 일일 수도 있었다.
팽혁빈은 현문을 바라봤다.

현문도 근심 가득한 눈으로 한빈을 바라봤다.

현문은 그들의 대화에서 삼황초가 백독곡에 있다고 확신했다.

그들의 눈빛에 한빈이 빙긋 웃었다.

"형님은 절 못 믿으십니까?"

"……믿는다."

"의심하시는 것 같은데요?"

한빈이 고개를 갸웃하자 팽혁빈이 재빨리 손을 내저었다.

"아니다."

"현문 어르신도 절 믿으시는 거 맞죠?"

"맞네. 내가 왜 팽 공자를 의심하겠나."

현문도 손을 내저었다.

순간 한빈이 눈을 빛내자 현문이 슬쩍 한 발 물러났다.

현문도 이제는 한빈의 저 눈빛이 사고를 치기 전에 보이는 현상임을 깨달은 것이다.

아니나 다를까, 한빈이 그윽한 눈빛으로 현문을 바라봤다.

"잠시 할 말이 있습니다."

"무슨 얘기인가?"

"이전에 한 부탁에 조금 더 살을 붙여야 하겠습니다. 참, 장 의원님도 이리로 좀 오십시오."

한빈은 장자명까지 불렀다.

그러고는 의미심장한 시선으로 세 명의 각주를 바라봤다.

세 시진 후.

그들은 날이 어두워지자 산자락의 공터에 자리 잡았다.

자리를 잡자 한빈이 현문에게 눈짓했다.

"그럼 잘 부탁드리겠습니다, 어르신."

"그럼 간만에 몸 좀 풀어 보도록 하겠네, 팽 공자."

"조금 살살 부탁드립니다."

"팽 공자는 나를 못 믿나?"

"흠, 솔직히 말씀드리면……. 조금 걱정됩니다."

"이래 봬도 악적을 제외하고는 누군가의 목숨을 거둔 적은 한 번도 없었네."

"그건 잘 알고 있습니다."

한빈이 어색하게 웃었다.

현문의 말은 사실이었다. 그는 강호에 나오면서 악적을 제외하고는 목숨을 거둔 적이 없었다.

하지만 말싸움 한 번으로 팔을 부러뜨린다든지 다리를 부러뜨려서, 한동안 움직이지 못한 강호인이 한둘이 아니라는 것은 삼척동자도 다 아는 사실이 아니던가!

모두 현문이라는 도호만 댔으면 상대가 알아서 물러났을 일이었다.

한빈이 의심 가득한 눈초리로 바라보자, 현문은 시선을 피하며 자리에서 일어났다.

그가 간 곳은 이제 막 노숙 준비를 끝낸 조향각주 악필승의 앞이었다.

자리 위에 떨어진 낙엽을 털어 내던 악필승이 기척을 느끼고 고개를 들었다.

현문이 활짝 웃고 있었다.

"어서 준비하세."

"그러지 않아도 식사를 준비하려고 했습니다."

"식사 말고 수련 준비를 하게."

"그게 무슨 말씀입니까? 수련이라니요? 수련이라면 저 짐을 메고 여기까지 오른 게 수련이 아닙니까?"

악필승이 자신의 옆에 있는 약초 더미를 가리켰다.

약초 더미는 한눈에 보기에도 거대했다.

그 거대한 짐을 악필승은 군말 없이 이곳까지 짊어지고 온 것이다.

이렇게 된 이유는 간단했다.

이곳은 마차가 지날 수 없는 관계로 짐은 모두가 나누어서 짊어져야 했다.

적혈맹호대는 기존 마차와 수레에 있던 짐을 맡았다.

하지만 중간에 천리 표국이 가지고 온 약초는 모두 각주들이 짊어졌다.

한빈은 모든 것이 수련의 일종이라고 했다.

그들이 이렇게 필사적인 이유는 이 수련이 끝나면 한빈이 하나의 선물을 준다고 했기 때문이었다.

더욱이 그 선물이라는 것은 이전과는 비교할 수 없을 것이라고 선포했던 상황.

이것이 추룡산맥의 초입에서 한빈이 약속한 것이었다.

현문이 악필승의 질문에 고개를 저었다.

그러고는 무심한 눈길로 그의 옆에 있는 도를 가리켰다.

"자네는 도를 들게. 나는 나뭇가지 하나면 족하네."

"잠시만 기다리십시오, 어르신!"

"전장에선 누구도 상대가 채비하기를 기다려 주지 않는다네."

말을 마친 현문은 들고 있던 나뭇가지를 들었다.

그러고는 일도양단의 기세로 악필승의 정수리를 내리쳤다.

순간 악필승은 반사적으로 좌측으로 뒹굴었다.

물론 옆에 둔 도를 챙겨서 말이다.

악필승은 도갑째 그대로 들고 기수식을 취했다.

방어에 특화되어 있는 하북팽가의 도법인 왕자사도(王子四刀)였다.

가장 기본적인 도법인 만큼 그 어느 도법보다 손에 익은 초식이었다.

세 번을 긋고 한 번을 내려치는 간단한 동작이지만, 그 한

수마다 변초를 집어넣으면 그 어떤 도법보다 변화무쌍한 초식을 펼칠 수 있었다.

그 모습에 현문이 말했다.

“쓸 만한 놈이로고. 기본기가 탄탄해.”

“……”

악필승이 아무 말도 안 하자 현문이 선심 쓴다는 표정으로 말을 이었다.

“네가 왕자사도를 펼친다면 나는 삼재검법을 쓰마.”

현문이 손에 든 나뭇가지를 가볍게 돌렸다.

그때부터였다.

획. 획.

산자락에 파공성이 울렸다.

드디어 대련이 시작된 것이다.

그 모습에 남은 두 명의 각주들은 서로를 바라봤다.

그들의 눈빛은 기대감이 아닌 절망감으로 물들어 있었다.

한빈의 약속이 거짓이 아님을 알 것 같았다.

무당의 현문과 산맥을 넘는 동안 저렇게 손을 섞는다면 분명 발전은 있을 것이다.

문제는 현문의 손 속이었다.

지금 보니 현문의 손 속에는 자비가 없었다.

처음에 들리던 파공성은 이제 비명으로 바뀌었다.

물론 악필승의 비명이었다.

뒤이어 비명이 멈추자 현문이 말했다.

"고생했네. 다음 사람 앞으로!"

순간 주작각주 가기군과 현무각주 담천호가 서로를 바라봤다.

그들은 눈빛으로 누가 먼저 할 것이냐를 치열하게 의논하고 있었다.

정확히 말하면 의논은 아니었다.

매도 먼저 맞는 놈이 좋다는 강호 속담이 있지만, 이것은 반만 맞는 얘기였다.

마음은 편할지 모르지만, 먼저 맞는 놈은 상대가 가장 팔팔할 때 매를 맞아야 하니까.

어물쩍거리는 그들의 모습에 한빈이 슬며시 그들의 옆으로 다가왔다.

"각주님들, 아마도 먼저 대련하시는 분이 편할 겁니다."

"그게 무슨 말씀입니까?"

담천호가 묻자 한빈이 사람 좋은 얼굴로 답했다.

"지금 보니 현문 어르신은 아직 몸이 안 풀린 것 같습니다. 아마 몸이 풀리면 손 속이 더 악랄해지겠죠. 앗, 죄송합니다. 도인께 악랄하다는 표현은 조금……."

"공자님, 자세히 좀 말씀해 주시죠."

"제 경험상 시간이 가면 갈수록 저분의 검 끝은 날카로워질 것이 뻔합니다."

“그럼 제가 먼저…….”

담천호는 자리에서 일어나다가 멍하니 앞을 바라봤다.

한빈과 대화를 나누는 사이에 주작각주 가기군이 현문의 앞으로 뛰어나갔기 때문이다.

담천호는 멍하니 다음 차례를 기다리며 치를 떨었다.

한빈의 말은 정확했다.

현문의 손 속은 더욱 날카로워졌다.

나뭇가지라고 안심할 수 없는 것이 그 나뭇가지에는 그의 내공이 고스란히 실려 있었다.

그건 일류 무사의 진검보다도 위험했다.

담천호는 마른침을 삼키며 현문과 가기군의 대련을 바라봤다.

획!

파공성 한 번에 상대의 옷고름이 반으로 갈려 나간다.

만약 조금만 깊었다면 가기군은 피를 토했을 것이다.

담천호는 주변을 둘러봤다.

일반적인 대련인데 자신이 착각하는 것은 아닌가 의심이 들어서였다.

주변을 보니 먼저 대련을 마친 악필승은 바닥에 널브러져 있었다.

그 반대편으로는 적혈맹호대의 대원들이 옹기종기 모여 앉아 있었다.

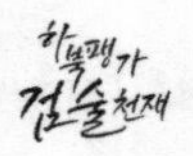

거기에 설화와 청화 소군도 별일 아니라는 듯 당과 꼬치를 들고 대련을 구경하고 있었다.

이쯤 되자 담천호는 자신에 대해서 의심하게 되었다.

현무각주의 자리는 하북팽가의 피가 섞이지 않아도 오를 수 있는 가장 높은 자리였다.

몇몇 각주와 당주 자리를 제외하고는 모두 팽씨 성을 가져야 맡을 수 있는 직책.

가장 높은 자리까지 도달했다는 것은 그만큼 인정받았다는 의미였다.

하지만 하북팽가라는 울타리 밖을 생각한다면 사정은 다르다.

담천호는 강호 경험이 적었다.

그 경험이라고 해 봤자 하북 지역 내에서의 일들이 대부분이었다.

담천호는 이런 대련이 일반적인 것은 아닌가 의심해 봤다.

그때였다.

모두가 아무렇지도 않게 대련을 구경하는 가운데 오만상을 짓고 있는 이가 있었다.

그는 다름 아닌 장자명이었다.

순간 시선이 마주치자 장자명이 조용히 걸어왔다.

그는 이상하게 옆구리에 커다란 약통을 끼고 있었다.

그는 담천호 쪽이 아닌 바닥에 널브러져 있는 악필승 쪽으로 다가갔다.

그는 약초 더미가 담긴 짐에서 뭔가를 주섬주섬 꺼냈다.

그러고는 자신의 약통을 펼쳤다.

장자명은 주변의 시선에는 아랑곳하지 않고 약초를 조심스럽게 빻아서 섞었다.

모든 과정은 눈 깜짝할 사이에 일어났다.

장자명은 아무렇지 않게 그 약을 악필승의 상처에 발라 주었다.

그러고는 조심스럽게 붕대로 상처를 감쌌다.

그 광경을 바라보던 담천호가 눈을 가늘게 떴다.

도저히 이해가 되지 않는 광경이었다.

현문은 나뭇가지를 썼다.

비록 진기를 둘러서 진검처럼 위험해 보기긴 했어도 이렇게 치료를 받아야 할 만한 상황은 없었다.

더 이상한 것은 장자명이 악필승에게 반복적으로 건네는 말이었다.

그것은 미안하다는 말이었다.

치료해 주면서 미안하다니?

아무리 생각해도 이해가 되지 않았다.

호기심이 생긴 담천호가 조심스럽게 장자명에게 다가갔다.

순간 담천호가 놀라 눈을 크게 떴다.

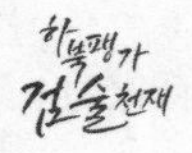

치료를 방해하지 않기 위해 기척을 최대한 줄이고 갔는데 장자명이 기다렸다는 듯 돌아봤기 때문이다.

현무각주 담천호가 놀란 듯 눈을 크게 뜨며 한 발 뒤로 물러났다.

상대를 알아본 담천호가 한숨을 내쉬었다.

"휴……."

"왜 그렇게 놀라십니까? 현무각주님."

"장 의원님이 갑자기 얼굴을 쑥 내미시니 제가 놀랄 수밖에 없지요."

"흠, 죄송합니다. 그나저나 이제 저는 한계에 다다른 것 같습니다."

장자명은 연신 한숨을 내쉬었다.

현무각주 담천호의 눈빛이 깊어졌다.

담천호는 자신도 모르게 감정이입을 한 것이다.

담천호는 장자명과 자신이 묘하게 닮았음을 깨달았다.

물론 한빈과의 관계에서 말이다.

장자명도 담천호에게 친근감을 느끼기는 마찬가지였다.

장자명이 본래 의지하고 있던 이는 화산파의 서재오였다.

하지만 서재오는 한빈의 부탁을 받고 어디론가 사라졌다.

그런 관계로 장자명은 속마음을 터놓을 사람이 그다지 많지 않았다.

그런데 이번에 세 명의 각주가 합류한 것이다.

이들은 장자명과 묘하게 닮아 있었다.

장자명은 잠시 담천호의 깊은 눈빛을 바라보다가 뭔가 깨달았는지 재빨리 손을 내저었다.

"아닙니다. 괜한 말을 한 것 같습니다."

"속상한 일이라도 있으신 겁니까? 그냥 편히 말씀하십시오. 또 무슨 일이십니까?"

"……현무각주님이 물으시니 편하게 말씀드리겠습니다. 현무각주는 이게 말이 된다고 보십니까?"

장자명이 한숨을 내쉬자 담천호가 놀란 듯한 표정을 수습하고 재빨리 물었다.

"왜 그러십니까? 장 의원님."

담천호가 마른침을 삼켰다.

그도 그럴 것이, 장 의원의 말만 들어 보면 치료가 잘못된 것이 분명했다.

그때 장자명이 먼저 대련을 마친 악필승을 가리켰다.

"이것 보십시오. 사람을 이렇게 만들어 놨습니다."

담천호의 시선이 반사적으로 악필승의 상처에 꽂혔다.

그리 대단한 부상은 아니었다.

성한 곳은 없지만, 그렇다고 많이 다친 것도 아니었다.

담천호는 장자명의 반응이 어이없었다.

"그러니까, 치료가 잘못된 것이 아니라……."

"그게 아니라, 여기를 보십시오. 이렇게 만들어 놓으면 제가 어떻게 치료를 안 합니까? 사람을 어떻게 이렇게 부려 먹습니까?"

감정이 담긴 듯 하소연한 장자명이 악필승의 상의를 살짝 들춰내고 상처를 조금 더 자세히 보여 주었다.

그 상처를 본 담천호가 입을 벌렸다.

"헉, 대체 어떻게……."

누워 있는 악필승의 몸에는 여기저기 검상이 새겨져 있었다.

겉보기와는 달리 상처가 깊어 보였다.

그런데 피도 나오지 않고 있다니…….

과연 어떻게 된 일일까?

저리 상처를 입고도 큰 출혈이 없다는 것은 이상한 일이었다.

그럴 줄 알았다는 듯 고개를 끄덕이던 장자명이 말을 이었다.

"그렇게 걱정하지 않으셔도 됩니다. 정확히 좁쌀 한 톨 두께로 썰렸으니까요. 이것도 기술이라면 기술이죠. 온몸의 상처가 다 균일하니까요. 덕분에 큰 출혈은 없습니다. 여기서 무리한다면 큰 부상으로 이어질 수도 있겠지만요. 그런데 이럴 거면 아예 상처를 입히지 않을 수도 있다는 게 아닙니까?"

"그럴 수도……."

"그런데 자꾸 이렇게 일거리를 만들어 놓으니 제가 쉴 수가 없는 거지요."

"그런데 말입니다……."

"왜 그러시죠?"

"이게 가능한 검술입니까?"

담천호는 눈을 가늘게 떴다.

그가 이리 놀라는 이유는 간단했다.

이건 대련에서 생길 수 없는 상처였다.

일정한 두께로 피도 거의 흘러나오지 않게 옅게 상처를 낸다?

그것도 절정의 고수를 상대로?

물론 움직이지 않는 상대라면 가능하다.

노련한 숙수에게 부탁한다면 일정한 두께로 고기에 저런 흠집을 낼 수는 있을 것이다.

물론 아무리 노련한 숙수라도 움직이는 닭을 저리 잡으라면 불가능했다.

하물며 이건 사람한테 쓴 검술이었다.

이것은 내공의 영역이 아닌 정교한 초식의 영역이었다.

왕자사도와 삼재검법이라?

각각 도법과 검법의 기본 중의 기본이었다.

별다른 기술 없이 종으로 내려 긋고 횡으로 베는 동작으로만 겨룬 결과였다.

이건 특별한 초식이 아닌 기본기라는 말이었다.

얼마나 수련해야 저 정도의 경지에 오를 수 있는 것일까?

무공에서 가장 힘든 것이 바로 절제였다.

모든 힘을 다해서 상대를 베는 것은 어찌 보면 쉽다.

하지만 일정한 힘만으로 상대를 제압하는 것은 또 다른 영역이었다.

그것도 서로 검과 도를 겨눈 상태에서 저렇게 균일한 상처를 내다니!

쓰러져 있는 악필승에게는 미안하지만, 걱정보다는 놀라움이라는 감정이 앞섰다.

그때였다.

누군가의 헛기침 소리가 들렸다.

"흠."

담천호는 자연스럽게 고개를 돌렸다.

한빈이 옆에 쪼그리고 앉아 턱을 괴고 있었다.

"뭘 그리 놀라십니까? 현무각주."

"오셨습니까, 공자님. 균일하게 그은 현문 어르신의 검술에 놀라고 있었습니다."

담천호가 작게 고개를 숙였다.

한빈이 웃었다.

"놀라는 게 당연하지요. 이제부터 익히셔야 할 수법입니다."

"무당의 검법을 저희에게 가르쳐 주신다는 겁니까?"

"무당의 검법은 절대 아닙니다. 현문 어르신의 가르침이죠. 제가 따로 부탁드렸습니다."

"그럼 이 모든 게 저희에게 깨달음을 주시기 위해……."

"뭐, 비슷합니다. 가르침은 벌써 시작됐습니다."

그때였다.

옆에서 비명이 울려 퍼졌다.

"아악!"

그 소리에 옆을 힐끔 본 담천호가 조심스럽게 말을 이었다.

"그, 그게 무슨 말입니까? 검술이 놀랍긴 해도 이건 일방적인 구타 같은데요."

"흠. 원래 싸움에선 많이 맞아 본 사람이 주먹도 잘 쓰는 법이죠. 칼도 맞아 본 사람이 잘 쓰는 법이고요."

한빈이 악필승을 가리키며 말했다.

정확히는 누워 있는 악필승의 상처를 가리킨 것이다.

고개를 돌려 그의 상처를 확인한 담천호가 물었다.

"그럼 저희가 계속 맞아야 한다는……."

"싫으십니까? 뭐, 언제든 포기하셔도 됩니다."

"……."

담천호는 마른침만 삼킬 뿐 아무 말도 하지 않았다.

그 모습에 한빈이 말을 이었다.

"저건 무당산에 도착하기 전에 깨쳐야 할 경지입니다."

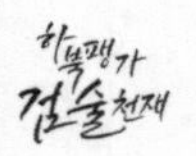

“저게 저희가 도달해야 할 경지라고요? 어떻게 단기간에 저런 경지가 가능합니까?”

“지금 일정한 두께를 보고 놀란 거 맞죠? 저것보다 살짝만 깊다면 근골이 다쳤겠지요. 상대와의 격전 중에도 깊이를 조절할 만큼의 여유를 가져야 한다는 말씀입니다.”

“네, 제가 놀란 것도 그 때문입니다.”

“이건 초식의 문제가 아니라는 것도 알고 있겠죠?”

“알고 있습니다. 그러니 단기간에 저런 경지는 불가능하다고 생각한 겁니다, 공자님.”

“초식이 아니기에 가능한 겁니다.”

“그런데, 왜 우리에게 이렇게까지…….”

“우리는 가족 아닌가요?”

“가족이라…….”

담천호는 말을 맺지 못했다.

흘러나오는 감정을 수습하기 위해서였다.

가업을 이어받으라는 아비의 종용에 그는 가문을 등지고 혈혈단신 강호로 뛰쳐나왔다.

그가 하북팽가의 각주까지 오른 것은 한마디로 행운이 작용했다고 봐도 되었다.

이것만 해도 감지덕지인데 가족이라니!

그 말 한마디가 담천호의 감정을 건드렸다.

물론 긍정적인 측면으로 말이다.

한빈은 담천호의 표정과는 관계없이 아무렇지 않게 설명을 이었다.

"맞습니다. 그리고 몇 가지 단련해야 할 부분도 있습니다. 그러니 현문 어르신과의 대련은 그 수련의 일부분이라도 보시면 됩니다. 그럼 저는 잠시 주위 상황을 살펴보고 오겠습니다."

"주위 상황이라니……. 혹시 적의 기척이라도 느끼신 겁니까?"

"뭐, 비슷합니다. 기다리던 친구가 나타난 것 같습니다. 일단 확인하고 와야 될 것 같습니다."

"그럼 대련을 중지하고 경계를……."

"그럴 필요까지는 없습니다. 그러니 수련을 마저 끝내시지요."

말을 마친 한빈은 낙엽 밟는 소리만 남기고 사라졌다.

사사삭.

한빈의 기척이 사라지자 담천호는 그제야 한숨을 내쉬었다.

"휴."

그때 잠시 자리를 피해 있던 장자명이 입을 쭉 내밀며 나타났다.

"휴, 맨날 저런 식이라니까. 저러니 제가 미치고 팔딱 뛰지요."

"우리 막내 공자님한테 불만이 많으신 것 같습니다."
담천호가 슬쩍 웃자 장자명이 고개를 흔들었다.
"솔직히 한두 번이 아닙니다."
"……."
담천호는 묵묵히 고개만 끄덕였다.
"항상 비밀이라고 해 놓고 내가 치료할 사람만 늘리고……."
장자명은 담천호의 옆에 앉아 하소연을 늘어놓았다.
그의 하소연에 담천호의 표정은 점점 굳어졌다.
장자명의 하소연은 마치 강호 속의 괴담과도 비슷했다.
한빈이 만든 상처는 모두 장자명이 치료해야 했다니!
거기에 더해서 그 상처도 종류가 다양했다.
담천호는 조용히 고개를 들어 달을 바라봤다.
달과 한빈의 얼굴이 겹쳐 보이는 것은 왜일까?
그 얼굴은 입꼬리가 살짝 올라간 듯 보였다.
순간 담천호가 살짝 어깨를 떨었다.
마치 등에 얼음을 지고 있는 느낌이었다.
그때였다.
현문과 가기군의 대련이 끝났다.
주변을 둘러보던 현문이 눈을 가늘게 뜨고 장자명을 바라봤다.
"장 의원, 팽 공자는 어디 갔나?"

"지금 주변 상황을 살핀다고 갔습니다."
"그렇군."
"어르신은 걱정도 안 되십니까? 추룡산맥의 북쪽은 험하기로 소문나지 않았습니까?"
"자네가 팽 공자를 걱정할 처지는 아닐 듯싶은데?"
"그야 그렇지만, 걱정되는 건 사실입니다."
"그럼 자네가 동행하지 그랬나?"
"환자를 두고 어딜 갑니까? 어르신이 막 환자를 하나 더 만들지 않았습니까?"
장자명이 휘청거리는 가기군을 가리켰다.
현문과 대련을 끝낸 가기군은 겨우 몸을 가누고 있었다.
천천히 다가온 가기군이 털썩하고 장자명의 옆에 쓰러졌다.
그들의 대화에 담천호가 고개를 갸웃했다.
한빈 때문에 못 살겠다고 해 놓고 저리 걱정을 하는 장자명이 이해가 안 된 것이다.
그러고 보니…….
담천호의 눈이 커졌다.
자신도 장자명과 비슷한 감정을 가지고 있었다.
한빈이 미우면서도 그를 향한 충성심은 흔들리지 않았다.
그때였다.
현문이 담천호의 어깨를 톡 쳤다.

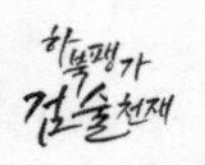

"이제 자네 차례일세."

"아, 알겠습니다."

담천호가 현문에게 끌려가자 장자명이 한숨을 내쉬었다.

대련의 결과는 똑같았다.

담천호는 장자명에게 치료를 받았다.

장자명은 약초를 짓이겨 만든 약을 상처에 정성스레 바르고 붕대로 감았다.

치료를 하면서 그는 미안한 표정으로 말했다.

"죄송합니다, 현무각주."

"그게 무슨 말입니까?"

담천호가 눈을 가늘게 떴다. 그도 그럴 것이, 이런 상처를 만든 것은 현문이고 지시를 내린 것은 한빈이었다.

그런데 장자명이 미안하다는 말을 하자 담천호는 이해가 안 되었다.

그가 어이없다는 듯 바라보자 장자명이 다시 고개를 숙였다.

"죄송하다는 말씀밖에 드릴 수 없군요."

"자꾸 저에게 죄송하다고 하시는 이유를 알고 싶습니다."

"그건 비밀입니다. 곧 아시게 될 겁니다."

"허허, 장 의원까지 왜 막내 공자님을 흉내 내고 그러십니까?"

"뒤에 오셨네요."

"뒤라니요?"

담천호가 고개를 갸웃하며 뒤를 돌아봤다.

그곳에는 한빈이 해맑게 웃고 있었다.

담천호가 자리에서 일어나려 하자, 한빈이 아무렇지 않게 담천호의 어깨를 토닥였다.

"그냥 앉아 있으세요, 현무각주님! 그런데 혹시 뒤에서 제 얘기 하고 그런 건 아니죠?"

눈을 가늘게 뜬 한빈의 모습에 현무각주 담천호가 재빨리 손을 내저었다.

"아, 아닙니다."

"표정을 보니 조금 수상하기도 하고……."

"공자님 얘기를 한 건 제가 아니라……."

담천호가 힐끔 장자명을 바라봤다.

순간 장자명이 미세하게 고개를 흔들었다.

그 모습에 담천호가 재빨리 말을 바꿨다.

"얘기는 했지만, 공자님에 대한 칭송이었습니다."

"아, 칭찬이라……."

한빈이 의심 가득한 눈빛으로 담천호를 바라봤다.

그때 장자명이 다급하게 끼어들었다.

"그거 칭찬 맞습니다, 팽 공자."

"네, 당연히 칭찬이지요. 전 공자님에 대해서 들었던 칭찬

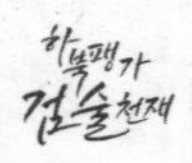

때문에 귀가 다 닳았습니다. 천수장에서도 그렇고 장 의원에게도 그렇고요."

평소 말이 많지 않았던 담천호답지 않게 말이 길어졌다.

한빈은 알았다는 듯 의미심장한 눈빛으로 담천호를 바라봤다.

"제 칭찬을 하셨다니, 제가 조금 더 신경을 써야겠습니다."

"그다지 신경 안 써 주셔도……."

담천호가 말끝을 흐렸다.

뒤쪽에서 헛기침 소리가 들려왔기 때문이다.

기침 소리를 낸 이는 다름 아닌 현문이었다.

그 옆에는 팽혁빈이 서 있었다.

팽혁빈은 한 발 앞으로 나오더니 한빈에게 슬쩍 눈짓했다.

할 말이 있다는 뜻이었다.

그 모습에 한빈이 자리에서 일어났다.

자리에서 일어난 한빈은 조용히 구석으로 걸어갔다.

일행으로부터 멀어진 한빈이 입을 열었다.

"그러지 않아도 말씀드리려고 했습니다."

"무리해서 말하지 않아도 된다."

"아닙니다. 이제 때가 된 것 같습니다. 이곳에 태극검제를 치료할 약초가 있습니다."

"약초라면 삼황초를 말함인가? 팽 공자."

"네, 맞습니다."

"삼황초는 백독곡으로 가서 구하는 것이 아니었는가? 그런데 갑자기 이곳에서 삼황초를 구한다니!"

무슨 일인지 감도 잡지 못하겠다는 듯 현문이 고개를 살짝 흔들었다.

그 모습에 한빈이 웃었다.

이제는 계획을 말해 줄 때가 된 것이다.

추룡산맥에 들어서기 전에 말했다면 성격이 급한 현문이 추룡산맥을 헤집고 다녔을 수도 있었다.

사실 한빈이 지금에서야 계획을 털어놓으려고 하는 것은 현문의 영향이 컸다.

오늘 안에 추룡산맥에서의 일은 모두 끝내야 했기에 이제부터는 이들의 도움이 필요했다.

오늘이 아니면 추룡산맥에 온 이유가 없었다.

그때 팽혁빈이 끼어들었다.

"이곳에 삼황초가 있다니, 빨리 출발하자꾸나."

"형님은 삼황초에 대해서 얼마나 알고 계십니까?"

한빈이 눈을 가늘게 뜨며 팽혁빈을 바라봤다.

"삼황인 셋의 기운을 그대로 담고 있다고 전해지는 풀이 아니더냐?"

"형님이 아시는 삼황의 기운이라면 무엇입니까?"

"각각 화(火), 빙(氷), 뇌(雷)라고 알고 있다."

"그게 문제입니다, 형님."

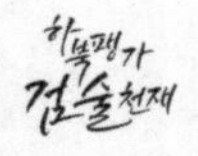

“그게 무슨 말이냐?”

“어찌하여 풀 하나가 불과 얼음, 번개의 기운을 다 담고 있겠습니까?”

“그러니 사람들이 전설이라 하는 것이지. 나는 네가 삼황초를 구한다고 할 때도 그게 실제 있는 것인지 믿기 힘들었다.”

“맞습니다. 풀 하나에 세 가지 기운이 모두 들어 있을 수는 없는 법입니다.”

한빈의 말에 깜짝 놀란 현문이 끼어들었다.

“자, 잠시만……. 지금 무어라 했나? 지금까지 나를 놀린 것인가? 팽 공자!”

“어르신, 너무 놀라지 마십시오.”

“어떻게 놀라지 않을 수가 있는가? 태극검제, 아니 우리 사형의 목숨이 걸린 일일세.”

“결론부터 말씀드리면 삼황초는 하나의 풀이 아닙니다. 그래서 전설 속의 풀이라고만 사람들이 생각한 겁니다.”

“하나의 풀이 아니라면…….”

“이곳 추룡산맥에서만 서식하는 백년열화초가 그중 하나입니다. 바로 불의 기운을 품고 있는 영초이지요.”

“백년열화초라면……. 이름을 그럴듯하지만, 독초가 아니던가?”

“네, 맞습니다. 독초라고도 알려져 있긴 합니다. 그런데 저희가 찾아야 할 삼황초 중 하나가 맞습니다.”

"그럼 독초를 찾으면 되겠는가? 그렇다면 내가 돕겠네. 그런데……."

현문의 눈빛이 살짝 흔들렸다.

그 모습에 한빈이 물었다.

"왜 그러십니까?"

"백년열화초는 남쪽에서 자란다고 들었는데 아닌가? 특히 남만 쪽에서 자라서, 사천당가 같은 독문에서 남만으로 채집하러 간다는 그 영초가 아닌가? 그런데 어떻게 이곳에……."

"백년열화초는 조건만 맞으면 어디서든 자라는 풀입니다. 특히 북쪽에서는 유일하게 추룡산맥에서만 백년열화초를 구할 수 있습니다."

"그렇다면, 여기에 온 이유가……."

"네, 맞습니다. 백년열화초를 구하기 위함입니다."

"허, 그렇게 깊은 뜻이 있을 줄은 몰랐네. 나는 왜 추룡산맥을 지나는 생고생을 하나 했더니 모두가 우리 무당을 위해서……."

"괜찮습니다, 어르신."

"지금 찾아야 할 영초가 셋이라고 하지 않았나? 내가 이곳에서 백년열화초을 찾아서 들고 무당으로 갈 테니 걱정하지 말고 먼저 떠나게."

"이곳에서 자라나는 백년열화초는 남만에서 자라는 영초와 모양이 다르다고 합니다. 어르신은 추룡산맥에서 자라는 백년열화초가 어떻게 생겼는지 아십니까?"

"그건……. 이런 낭패가 있나!"

"걱정하지 않으셔도 됩니다. 어차피 오늘 밤 안으로 찾을 수 있을 겁니다."

"오늘 밤이라고?"

"사실, 저도 백년열화초가 어떻게 생겼는지는 모릅니다."

"자네도 모른다면서 대체 어떻게 그 독초를 찾는다는 말인가?"

"남만의 백년열화초나 이곳의 백년열화초나 똑같이 보름달에 반응한다고만 알고 있습니다. 오늘 못 찾게 된다면 또 한 달을 기다려야 하지요."

"아."

현문은 눈을 크게 떴다.

한빈의 말대로였다.

백년열화초는 양기를 품은 약초였다.

그 양기가 과하기 때문에 그냥 복용하면 오장육부를 다 녹이기에 독초라고 하는 풀이었다.

그 때문일까?

백년열화초는 음을 나타내는 달빛에 반응한다고 전해진다.

그것도 보름달에 말이다.

희미했던 자신의 기억을 떠올린 현문의 눈빛이 깊어졌다.

“자네 말대로라면 보름달이 지고 나면 그 풀을 찾기 힘들다는 말이 아닌가?”

“네, 맞습니다. 오늘 밤에 백년열화초를 찾아야 합니다. 그런데 문제가 하나 있습니다.”

“내가 돕겠네, 팽 공자.”

“도울 사람은 따로 있습니다.”

“그게 무슨 말인가? 팽 공자.”

“그러니까…….”

한빈의 설명에 팽혁빈과 현문의 눈이 커졌다.

설명은 간단했다.

백년열화초를 찾으려면 영물 하나를 찾아야 한다는 것이다.

산삼의 씨를 새가 옮기듯 백년열화초의 씨를 옮기는 것이 어떤 영물이라고 했다.

그 영물을 자극하면 백년열화초를 찾는 데 수월하다는 것이 바로 한빈의 계획이었다.

그 계획을 듣고 난 현문이 미안한 표정으로 물었다.

“그들에게 그런 짐을 지워도 괜찮겠나?”

“괜찮습니다. 저는 그들에게 임무에 상응하는 보상을 줄 예정입니다. 어르신이 도와주시는 그들의 수련도 그 보상에 포함됩니다.”

한빈이 현문을 안심시켰다.

현문이 말했다.

"내 조금 더 신경을 쓰겠네."

진지한 현문의 눈빛에 팽혁빈은 고개를 저었다.

사실 팽혁빈은 각주들과 현문의 대련을 말리고 싶었다.

팽혁빈은 각주들을 식솔이자 하북팽가의 자산으로 보고 있었다.

지금의 대련은 하북팽가의 자산을 단련시키는 것이 아니라 깨뜨리는 것만 같았다.

그만큼 팽혁빈은 가슴을 졸이고 있었다.

그런데 현문의 눈빛을 보면 더욱더 강도를 높이겠다는 것 같았다.

절대 여기서 더 이상 강도를 높이면 안 되었다.

잠시 후.

한빈이 돌아오자 어느 정도 기력을 회복한 담천호가 반갑게 맞았다.

그는 무공이 높은 관계로 다른 각주들에 비해서 회복이 빨랐다.

"가셨던 일은 잘됐습니까?"

"네, 잘됐습니다. 현무각주는 나머지 두 명의 각주들을 모아 주세요."

"모을 필요가……."

담천호는 말끝을 흐리며 힐끔 옆을 바라봤다.

그곳에는 먼저 대련을 끝낸 가기군과 악필승이 누워 있었다.

벌써 회복한 담천호와는 달리, 무공이 뒤처지는 둘은 아직도 누워 있는 것이다.

담천호는 재빨리 그들을 깨웠다.

그들이 일어나자 한빈은 그들과 조용히 야영지를 떠났다.

한빈의 뒤를 따르는 가기군은 의심 가득한 눈초리로 주변을 살폈다.

갑자기 야밤에 각주들을 부르는 모습이 조금은 이해가 되지 않았다.

아무리 달이 밝아도 험하기 그지없는 추룡산맥의 중턱에서 할 일은 없다고 생각했기 때문이다.

거기에 한빈이 이끄는 곳에는 묘하게 풀벌레 소리도 들리지 않았다.

그 정적이 가기군을 숨도 쉬지 못할 만큼 압박했다.

어느 정도 야영지에서 멀어지자 한빈이 걸음을 멈췄다.

돌아선 한빈의 눈빛은 그 어느 때보다 진지했다.

가기군도 의문은 뒤로한 채 일단 각을 잡고 정렬했다.

다른 각주들도 마찬가지였다.

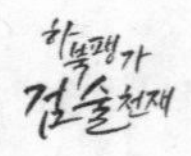

제법 큰 상처였으나 그들은 무인답게 한빈의 앞에 당당히 섰다.

정렬한 세 명의 각주를 본 한빈이 낮은 목소리로 말했다.

"지금부터 구걸십팔보의 구결을 전하겠습니다."

"……."

세 명의 각주들은 눈을 크게 떴다.

갑자기 구걸십팔보를 전수하겠다고 하니 이해가 되지 않았다.

그중에서도 가장 놀란 것은 무공에 대한 열망이 강한 담천호였다.

그는 눈알이 튀어나올 것 같은 표정으로 한빈을 바라봤다.

그 모습에 한빈이 물었다.

"싫으십니까?"

"아, 아닙니다. 그런데 너무 갑작스러워서 놀랐습니다. 구걸십팔보면 개방의 상승 무공 아닙니까? 그런데 그걸 우리에게 알려 주셔도 괜찮으신 겁니까?"

"이 문제에 대해서는 홍칠개 사부님과 심도 있는 대화를 나누었습니다. 그 결과 사부님은 흔쾌히, 아니 흔쾌히는 아니군요. 그 대가로 제 피 같은……."

"피라니요? 그게 무슨 말씀입니까?"

"일단 그렇게만 알고 계십시오."

한빈은 진지한 표정으로 세 명의 각주를 바라봤다.

그의 말 중 반 정도는 사실이었다.

이번 일이 끝나면 피 같은 돈을 들여서 하북 지역의 거지를 위해 잔치를 벌여 주기로 했으니까.

중요한 것은 구걸십팔보는 구결이 있다고 해서 익힐 수 있는 무공이 아니라는 점이었다.

그런 이유로 홍칠개는 한빈이 다른 이에게 구걸십팔보를 전하는 것을 허락했다.

물론 전에 설화가 구걸십팔보를 익힌 것은 타고난 오성 탓이었다.

지금 각주들에게 필요한 것은 일정 수준의 오성과 절실함이었다.

그때 가기군이 손을 번쩍 들었다.

"저희가 진짜 익혀도 되는 겁니까? 공자님."

"익혀도 됩니다."

"개방이라고 하면 구파일방의 일원인데, 저희가 익히고 나서 혹시……."

가기군은 뒷말을 흐렸다.

한빈은 그의 걱정을 알고 있었다.

타 파의 무공을 훔친 자에게는 가혹한 형벌이 따르는 것이 강호의 법칙이었다.

가혹한 형벌이란, 훔친 무공을 못 쓰게 만드는 것이었다.

어떻게 훔친 무공만을 못 쓰게 만들 수 있을까?

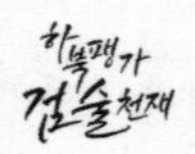

이것은 불가능한 일이었다.

즉 그 형벌의 진정한 의미는 아예 단전을 깨뜨려 모든 무공을 못 쓰게 막는 것이다.

구걸십팔보를 익혔는데 갑자기 개방에서 따지고 든다면?

구파일방의 힘 앞에서 일개 무인은 백사장의 모래 한 알과 같았다.

상대가 우긴다면 자신의 단전을 내놓아야 했다.

이것은 가기군만의 걱정은 아니었다.

한빈은 그들의 표정을 보고 미소를 지었다.

일신우일신 (2)

한빈은 그들이 무엇을 걱정하는지 정확히 알고 있었다.

한빈은 그들의 조심스러운 반응이 마음에 들었다.

떡을 준다고 아무 생각 없이 받아먹으면 나중에는 탈이 나게 마련이었다.

무림에는 힘이 아니라 머리로 싸우는 부류들도 있으니 말이다.

잠시 흐뭇한 표정을 짓던 한빈은 자신의 품속을 뒤졌다.

품속에서 두루마리 한 장을 꺼낸 한빈은 그것을 쫙 펼쳤다.

한빈은 펼친 두루마리를 그들의 눈앞에 갖다 댔다.

갑자기 들이밀어진 두루마리에 가기군이 눈을 동그랗게

떴다.

"이게 대체 뭡니까? 공자님."

"이건 속가제자를 허락한다는 확인서입니다."

한빈이 활짝 웃으며 답하자 가기군은 고개를 갸웃했다.

"속가제자라면……."

"여러분은 제 제자나 마찬가지니 구걸십팔보를 전수해도 상관없다는 것이지요. 속가제자의 속가제자도 개방의 제자이니 말입니다."

"개방에 속가제자가 있었습니까?"

가기군은 온몸을 엄습하는 통증도 잊어버리고 눈을 크게 떴다.

아무리 생각해도 개방에 속가제자가 있다는 것은 듣지 못했다.

그도 그럴 것이 속가제자는 도교나 불교를 기본으로 하는 문파들에나 있었다.

가기군의 질문에 다른 각주들도 고개를 갸웃하며 의심 가득한 눈초리로 한빈을 바라봤다.

개방의 속가제자라는 말에 그들이 고개를 갸웃하는 것은 어찌 보면 당연했다.

도교의 성지에서 도인으로 수련하는 무인과, 세속에 내려와서 생활하는 속가제자를 구별하기 위해서 만든 것이 바로 이 제도였다.

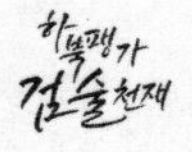

물론 소림사 같은 불교 중심의 문파도 마찬가지였다.

그런데 개방은 어떠한가?

속세 속에서 동냥 그릇을 내미는 것이 바로 개방도였다.

일반 백성과 이미 섞여 있는데 무슨 속가제자가 있단 말인가?

이건 한마디로 말도 안 되는 확인서였다.

"피 같은 돈을 들여 산 확인서이니 믿어도 됩니다."

"그럼 아까 피 같다고 하셨던 건?"

"당연히 돈이지요."

"헉, 대체 공자님과 홍칠개 어르신은……."

가기군이 눈을 크게 떴다.

그 모습에 한빈이 손을 휘휘 저었다.

"세상에 돈보다 중요한 게 무엇입니까? 다 먹고살자고 하는 일 아닙니까?"

한빈이 그 어느 때보다 진한 웃음을 지었다.

그들이 말이 없자 한빈은 다시 진지한 표정으로 말을 이었다.

"저는 그 피 같은 돈을 여러분께 투자하고 있는 겁니다. 그러니 꼭 살아남으십시오. 여러분이 오늘 밤 죽으면 저는 슬퍼할 겁니다."

"자, 잠시만요. 공자님. 저희가 죽다니, 그게 무슨 말입니까?"

"추룡산맥의 초입에 왜 산짐승들이 없는 줄 아십니까? 주작각주님."

"그야 산세가 험해서 그런 게 아닙니까?"

"단순히 그런 이유만은 아닙니다."

한빈이 눈을 빛내자 가기군은 재빨리 말을 이었다.

"제가 알기로는 수풀로 가려진 곳곳에 낭떠러지가 있고, 낭떠러지를 피하면 수렁이 있는 곳이 바로 이곳이라고 들었습니다. 그래서 산짐승들도 없다고……. 그럼 다른 이유가 또 있다는 말입니까? 공자님."

"사실 추룡산맥의 초입에는 맹수조차 두려워하는 친구 하나가 살고 있습니다."

"그게 무슨 말씀입니까?"

"혹시 독각서우(毒角犀牛)라는 영물을 들어 보신 적이 있을는지요?"

한빈의 말에 달빛을 받은 가기군의 얼굴이 살짝 일그러졌다.

누가 봐도 그는 머릿속으로 끔찍한 상상을 하는 것 같았다.

가기군의 표정에 담천호가 눈썹을 꿈틀댔다.

악필승도 텁짓하며 아는 것을 대 보라는 표정을 지었다.

그들의 표정에 가기군은 조심스럽게 말을 이었다.

"독을 먹고 자란다는 무소라고 들었습니다. 맹독을 먹고 자란 덕분에 뿔에 독기가 모여서 마치 창을 달아 놓은 것같이 보인다는 전설의 짐승이 아닙니까?"

"네, 맞습니다. 그게 바로 독각서우지요. 조금 더 얘기를 덧붙인다면 어떤 경우에라도 도검으로는 죽일 수 없이 가죽이 딱딱하다고 해서 독각 대신 불사(不死)라는 이름을 앞에 붙이기도 합니다."

"네, 저도 그렇게 알고 있습니다. 그런데 독각서우는 남만야수궁에서 신성시하는 영물 중 하나가 아닙니까? 저희가 남만야수궁까지 가야 하는 겁니까? 혹시 무당이 아닌 남만야수궁이 저희의 목적지라면……."

가기군은 혼란스러운 듯 관자놀이를 지그시 누르며 인상을 썼다.

그는 한빈의 평소 성격을 떠올렸다.

항상 비밀을 중시하는 한빈이었다.

그렇다면, 목적을 위해서라면 모두를 속였을 수도 있었다.

가기군은 독각서우에 대해서 떠올렸다.

독각서우는 남만야수궁의 영물.

정확히 말하면 그곳의 삼대영물 중 하나였다.

이 부분에서 가기군은 의문 하나가 떠올랐다.

이곳은 남만야수궁이 있는 운남과는 정반대에 위치해 있는 곳이다.

운남의 영물이 하북 지역까지 올라올 수는 없는 법이었다.

가기군이 의심 가득한 눈으로 바라보자, 한빈은 웃었다.
"독각서우는 남만야수궁이 아닌 이곳에 있습니다. 아마도 독각서우가 이곳에 자리 잡은 것은 이십 년 전일 겁니다."
"독각서우가 이곳에 있다고요?"
가기군이 눈을 크게 떴다.
독각서우가 아니라 일반적인 무소라도 이곳에 있을 리는 없었다.
한빈이 아무렇지 않게 말했다.
"네, 그렇습니다. 그런데 이곳에 있는 놈은 남만야수궁의 독각서우와는 조금 다릅니다."
"……."
"조금 더 뿔이 많고 약간은 성질이 더럽습니다. 중요한 것은 독각서우가 조금 있으면 이곳에 도착할 거라는 사실입니다."
"그, 그게 무슨 말씀입니까?"
"독각서우는 각주님들을 노릴 겁니다. 그놈을 피하기 위해서는 구걸십팔보가 필요합니다."
"독각서우가 왜 저희를 노립니까?"
"검상에 가장 좋다는 약초가 뭔지 아십니까?"
"저희 몸에 발라 줬던 한미초 아닙니까?"
"네, 독각서우가 가장 좋아하는 풀입니다. 그리고 한미초와 함께 썼던 불향각도 독각서우가 좋아하는 재료지요."

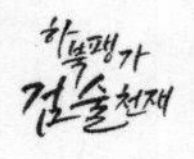

한빈의 말에 가기군이 헛숨을 들이켰다.

"앗, 대체……."

"각주님들을 위해서입니다. 이렇게 안 하면 아마도 구걸십팔보는 평생 익힐 수 없을 겁니다."

"그냥 구결만 말씀해 주시면 될 걸 왜 이렇게까지……."

"구결보다 절실함이 먼저 있어야 익힐 수 있는 것이 구걸십팔보니까요. 사실 무당파나 화산파의 수뇌부도 그 구결을 알고 있을 겁니다. 그런데 그들은 익힐 수 없습니다."

"저, 정말입니까?"

"개방에서도 절실함이 없는 자는 익힐 수 없는 경공술입니다."

"대체 공자님은 그런 사실을 어떻게……."

가기군은 말을 잇지 못했다.

어디선가 바닥을 짓이기는 소리가 들려왔기 때문이다.

쿵. 쿵!

그쪽을 힐끔 본 한빈이 다시 말을 이었다.

"이제 거의 도착한 모양입니다."

"일단 자리를 피해야 하는 게 먼저 아닙니까? 공자님."

말을 마친 가기군이 마른침을 삼키자 한빈이 단호한 표정으로 말을 이었다.

"구걸십팔보를 익히실 겁니까? 아니면 포기하시겠습니까?"

"……."

한빈의 말에 가기군은 답하지 못했다.

한빈은 나머지 각주를 바라봤다.

그들도 이를 깨문 채 아무 말이 없었다.

그때 악필승이 한 발 앞으로 나왔다.

"저희가 구걸십팔보를 진짜 익힐 수 있는 겁니까? 공자님."

"그건 장담하지요."

"그런 저는 목숨을 걸어 보겠습니다."

"오호."

한빈이 의외라는 듯 악필승을 바라봤다.

시선을 마주한 악필승은 그 어느 때보다 눈을 반짝였다.

사실 악필승에게는 그 어떤 무공보다 구걸십팔보가 더 절실했다.

그 이유는 간단했다.

악필승은 언제 목이 칼이 들어올지 모르는 강호가 싫었다.

지금만 해도 '악' 소리 한 번에 여기까지 끌려오지 않았던가?

이 모든 게 힘이 없어서였다.

그렇다고 무공을 익혀서 힘을 기르기는 싫었다.

자신은 요리가 적성에 맞았으니까!

그런데 구걸십팔보만 익히면 언제든지 이런 상황에서 벗

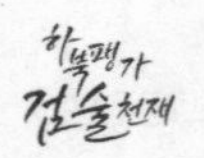

어날 수 있었다.

무림 최고의 경공술 중 하나인 구걸십팔보만 익힐 수 있다면?

조향각이 아니더라도 이 바닥을 떠나 완벽하게 잠적할 수 있었다.

얼굴을 알아보는 자가 있다고 해도 도망치면 그만이었다.

이런 마음을 먹고 있으니, 악필승의 표정은 다른 둘보다 결연할 수밖에 없었다.

한빈은 다시 한번 확인하듯 물었다.

“진심으로 받아들여도 되겠습니까? 악 각주!”

“악!”

악필승이 이전 훈련 때의 구령으로 답했다.

물론 그냥 버릇처럼 튀어나온 구령이었다.

하지만 그 구령은 나머지 둘의 가슴을 뛰게 만들었다.

특히 담천호의 경우는 마치 눈동자가 호롱불로 변한 것처럼 반짝였다.

그도 그럴 것이, 담천호는 무공에 자부심을 가지고 있었다.

그가 가지고 있는 것은 외형적인 무공의 자부심뿐이 아니었다.

그는 내면적으로도 누구보다 강하다고 자부하는 자였다.

그런데 하북팽가에서 음식이나 관리하는 조향각주가 저리

용기를 내자, 담천호는 자신의 자존심에 금이 가는 소리가 들리는 것만 같았다.

담천호가 한 발 앞으로 나왔다.

“저도 목숨을 걸고 배우겠습니다.”

“믿어도 되겠습니까?”

한빈이 다시 묻자 담천호가 자신의 가슴을 탁탁 두드리며 답했다.

“천지신명께 맹세하겠습니다.”

가기군이 자신도 지지 않겠다는 듯 끼어들었다.

“저도 목숨을 걸겠습니다!”

이구동성으로 목숨을 걸겠다고 하는 그들의 모습에 한빈이 말을 이었다.

“지금부터 구결을 가르쳐 줄 테니 잘 들으십시오. 딱 한 번만 말해 줄 겁니다. 음식에는 귀천이 없으며…….”

“…….”

각주들은 답하지 않았다.

침을 꿀꺽 삼킨 채 구결에 집중했다.

그 모습에 흡족한 표정을 지은 한빈이 설명을 이었다.

“날마다 몸이 새롭게 태어나니, 걸음 또한 한 걸음 한 걸음마다 새로울지어다. 이 모든 것은 음식을 향한 간절함에서 나오니. 앞쪽의 음식을 못 잡으면 죽음밖에 없다는 심정으로…….”

구결을 읊은 한빈이 만족한 표정으로 고개를 끄덕였다.

각주들은 눈을 감고 구결을 외우기 시작했다.

그들의 얼굴에는 복잡한 감정이 고스란히 드러나 있었다.

독각서우라는 말도 안 되는 영물이 이곳에 들이닥친다고 하니 덜컥 겁도 났다.

하지만 지금 한빈이 불러 주는 구결십팔보의 구결은 천고의 기연과도 같은 무공이었다.

목숨을 걸겠다고 하는 그들의 결심은 진심이었다.

하북팽가에서도 직계가 아니면 익힐 수 없는 무공이 부지기수였다.

익힐 수 있는 무공보다 익힐 수 없는 무공이 많은 것이 현실이었다.

돈을 주고도 살 수 없는 것이 바로 무공이요, 비급 아니던가!

그런데 구걸십팔보는 구파일방의 무공이었다.

구파일방의 무공 중에서도 최상급의 무공이었다.

이런 무공을 익힐 수 있는 기회가 있을까?

그들은 두려움 속에서도 구결을 외우기 위해 안간힘을 썼다.

그때 한빈이 손가락을 튕겼다.

달빛을 받은 하얀 신형이 한빈의 옆에 섰다.

물론 신형의 주인은 설화였다.

"공자님, 저희는 준비 다 됐어요."

"형님이나 현문 어르신께도 전했지?"

"네, 모두 전했어요. 심미호 언니한테도 잘 말해 뒀어요. 신호만 보내면 돼요."

"그래, 수고했다."

그들이 알 수 없는 대화를 주고받을 때 각주들이 눈을 떴다.

그들은 얼마나 집중했는지 눈에 핏발이 서 있었다.

마른침을 삼키며 긴장한 그들에게 한빈이 말했다.

"그런 건투를 빌겠습니다."

순간 세 명의 각주가 눈을 동그랗게 떴다.

놀란 그들은 서로 눈치를 봤다.

그때 가기군이 재빨리 물었다.

"고, 공자님. 그게 무슨 말씀입니까? 저희와 같이 있으면서 수련을 도와주시는 게 아니었습니까?"

가기군이 다급하게 묻자 한빈이 환하게 웃었다.

"저는 별도로 해야 할 일이 있어서 말입니다."

"그런데, 아까 말씀해 주신 구걸십팔보의 구결이 전부입니까? 아무리 생각해도……."

"제가 어디까지 말했었죠?"

"음식에 대해 간절함까지 말씀하시고 다 끝났다고 하셨습니다."

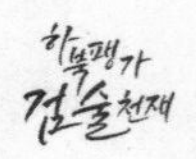

"그러고 보니 뭔가 빠진 것도 같고요."

한빈이 묘한 표정으로 하늘을 바라봤다.

그 모습에 가기군이 재빨리 말을 이었다.

"진짜 빠진 것이 있는 겁니까? 공자님."

"만약에 부족한 것이 있다면 제가 다시 전하러 오겠습니다. 중요한 건 살아남겠다는 간절함이겠지요."

"만약 빠진 게 있다면 공자님이 저희에게 다시 오기 전에 저희는 죽을 겁니다."

"부상은 염려하지 마십시오. 천하제일의 명의인 장 의원이 있으니까요. 그리고……."

한빈은 제법 긴 설명을 늘어놓았다.

한빈의 말은 간단했다.

어떤 상처를 입어도 한빈과 장자명이 나서서 치료해 주겠다는 것이었다.

한빈은 그 어떤 상처에 대해서 상당히 구체적으로 언급했다.

그 모든 상처에 대해서 철저한 대비가 되어 있다고 했다.

한빈이 늘어놓는 부상의 종류 때문에 가기군은 더욱 겁을 먹었다.

"고, 공자님. 독각서우의 독이 전해 내려오는 그대로라면, 부상이 문제가 아니라 저희는 살아남……."

가기군은 말을 잇지 못했다.

달빛을 받은 검은 물체가 희미하게 보였기 때문이다.

말끝을 흐리던 가기균이 한숨을 내쉬었다.

"휴."

그나마 다행인 것은 언덕 너머로 놈의 조그만 뿔만이 보인다는 점이었다.

그 뿔은 그리 커 보이지도 않았다.

독각서우가 좋아한다는 약초로 자신들의 몸을 치료했다는 한빈의 말은 아무래도 거짓인 것 같았다.

한빈의 말이 사실이라면 당장 달려들지 않을 리가 없었다.

그래도 안심이 되는 것은 아니었다.

강호에 떠도는 이야기에 의하면 성장한 독각서우는 여기 모인 각주들이 어찌할 수 있는 수준의 영물이 아니었다.

각주들은 서로를 바라봤다.

어찌해야 좋을지 눈빛을 교환하고 있을 때였다.

한빈이 품에서 조그만 뿔피리 세 개를 꺼냈다.

의미심장한 표정을 한 한빈이 뿔피리 세 개를 각주들에게 내밀었다.

"위험할 때는 이걸 부십시오. 단, 기회는 딱 한 번입니다."

"한 번이요?"

"네, 딱 한 번이니 진짜 위험할 때만 부셔야 합니다. 그럼 저는 이만 가 보겠습니다."

말을 마친 한빈은 아무렇지 않게 몸을 돌렸다.

한빈이 떠나려 하자 가기군이 다급하게 외쳤다.
"공자님!"
"오늘 밤이 지나면 구걸십팔보의 효용을 맛볼 수 있을 겁니다."
한빈이 선심 쓰듯 답하며 손가락 하나를 폈다.
"그건 무슨 뜻입니까? 첫 번째 걸음이란 뜻입니까?"
"첫 번째 걸음이 아니라 목숨은 딱 하나라는 뜻입니다. 그러니 몸조심하십시오."
"혹시 말씀하시려는 것이……."
가기군은 말을 맺지 못했다.
분명 한빈에게 손을 뻗었는데 그곳은 허공이었다.
이미 한빈은 사라지고 없었다.
그 옆에 있던 설화도 귀신처럼 사라졌다.
구걸십팔보를 극성까지 펼친 것이 분명했다.
그때 뒤쪽에서 휘파람 소리가 들렸다.
삐익!
고개를 돌려 보니 한빈이 멀리서 손을 흔들고 있었다.
그것도 잠시, 한빈은 그곳에서도 모습을 감췄다.
휘파람 소리 때문일까?
흔들리는 검은 뿔의 무소, 독각서우의 뿔이 멈췄다.
다행히도 잠시 멈췄던 독각서우의 뿔은 다시 흔들리기 시작했다.

마치 갈피를 못 잡는 듯 말이다.

바로 덤비지 않는 것으로 봐서는 경계심이 많은 것 같았다.

그도 그럴 것이, 시간이 지나도 독각서우는 뿔만 살짝 보인 채 몸을 숨기고 있었다.

어찌 보면 경계심이 많은 것이 아니라 겁을 먹은 것일지도 몰랐다.

조금은 예상 밖의 전개였다.

독각서우의 검은 뿔을 유심히 보던 담천호가 다른 각주들에게 물었다.

"각주들, 어떻게 하는 게 좋겠습니까?"

"튀는 게 상책 아닙니까?"

악필승이 망설임 없이 말했다.

그때 담천호가 조심스럽게 말했다.

"혹시 말입니다. 저희 셋이면……."

담천호의 제안은 간단했다.

지금 이곳에 있는 셋은 무림 십대세가에 속하는 하북팽가의 각주였다.

강호에서는 무공으로 콧방귀 좀 뀐다는 자리에 있는 사람들.

독각서우를 잡아서 한몫 취하자는 것이었다.

영물이면 내단이 있을 것이고 그것을 그들이 취하면 단번에 무공의 경지를 높일 수 있다.

이 간단한 생각이 담천호의 계획이었다.

그는 쉴 틈 없이 자신의 의견을 다른 각주들에게 늘어놓았다.

이것은 무공을 향한 열망이자 담천호의 성격을 그대로 드러낸 대목이었다.

담천호는 무공을 높일 수 있는 일은 무조건 긍정적으로 보는 경향이 있었다.

물론 실리를 취하려는 의도뿐 아니라 호승심도 한몫했다.

그의 말에 가기군이 끼어들었다.

"저게 진짜 독각서우라면 저희는 죽은 목숨입니다. 전해 내려오는 이야기에 따르면 화경의 고수도 어찌 못한다고 합니다."

"허허, 우리 셋이면 못 잡을 것도 없습니다. 딱 보기에는 그냥 어린 무소에 불과합니다. 큰 놈이야 화경의 고수도 어찌 못하겠지만, 저리 어린 놈이야 한칼이면 족하지 않겠습니까? 죽이지 않고 사로잡는 것도 가능합니다."

담천호가 자신 있게 도검을 두드리자, 가기군이 조심스러운 표정으로 고개를 흔들었다.

"남만야수궁의 독각서우는 도검불침이라고 합니다."

"금강불괴한테도 약점은 있는 법입니다. 이건 하늘이 주신 기회입니다. 그리고 어린 놈은 도검불침까지는 아닐 겁니다.

이건 우리의 무공을 시험해 볼 기회입니다."

"내단도 없다는 소문이 있습니다, 현무각주."

"주작각주, 그게 무슨 말입니까? 내, 내단이 없다고요?"

"어찌 보면 영양가가 전혀 없는 영물이지요. 다만, 독기가 응축된 저 뿔이 내단을 대신한다고 들었습니다."

"그럼 뿔이라도 취하면 되지 않겠습니까?"

"그 뿔은 저희가 취할 수 있는 것이 아니라고 들었습니다."

"그 이유가 무엇입니까?"

"일검에 죽이지 못하면 놈은 성질에 못 이겨서 그대로 몸 안의 독기를 폭발시킵니다. 질 것 같으면 동귀어진 하는 것이지요. 뭐, 그것도 소문입니다."

"소문이라……. 그 소문 믿을 만합니까?"

"강호의 소문 중 구 할은 맞지 않습니까?"

"그건 그렇죠, 주작각주."

"사천당가 같은 독문에서도 남만의 독각서우를 사로잡지는 못한다고 들었습니다. 수명을 다한 독각서우의 사체에서 뿔을 채취하는 것이지요. 그 숫자가 너무 적어서 부르는 게 값이라고 들었습니다. 문제는 수명이 다한 독각서우는 사람의 손이 닿지 않은 곳을 찾아간다는 것이죠."

"그렇다면 더욱 놈을 제 손으로 잡고 싶습니다."

"독각서우를 사로잡겠다는 말입니까?"

"막내 공자님은 우리에게 살아남으라고 과제를 주셨습니다."

말을 마친 담천호는 자신의 가슴을 탁탁 두드렸다.

그 모습에 가기군이 고개를 끄덕였다.

"네, 그렇지요."

"저는 그것보다 한 수 위의 성과를 보여 주고 싶습니다."

"그게 무슨 말씀입니까?"

가기군이 눈을 크게 뜨자 담천호가 눈을 반짝이며 말을 이었다.

"단순히 살아남는 것이 아니라, 독각서우를 잡는 성과를 보여 주고 싶습니다."

"말했다시피 그건 조금……."

"주작각주는 우리의 성과에 당황할 막내 공자님의 표정이 궁금하지 않습니까? 이제까지 막내 공자님께 끌려다니기만 하지 않았습니까?"

"흠, 아무래도 현무각주의 생각은 잘못된 판단 같습니다."

가기군이 관자놀이를 툭툭 치며 의심의 눈길을 보냈다.

담천호가 다시 독각서우의 뿔을 가리켰다.

"아닙니다. 저기 독각서우를 보십시오. 움직임이 이상하지 않습니까? 누가 봐도 우릴 보고 겁먹은 모습입니다."

"……."

가기군은 말없이 독각서우를 관찰했다.

정확히 보이는 것은 아니지만, 검은색 뿔이 이리저리 방황하고 있었다.

조금 전에 보던 것과 별반 다르지 않았다.

담천호의 말을 듣고 다시 보니 놈이 어쩔 줄 모르는 듯 보이기도 했다.

가기군이 반사적으로 고개를 끄덕였다.

"한번 해 봅시다, 까짓것! 아무리 영물이라도 무소의 새끼 한 마리 정도면 우리 힘으로 가능할 것도 같습니다."

결심한 듯 이를 악물던 가기군이 고개를 갸웃했다.

그 모습에 담천호가 물었다.

"왜 그러십니까?"

"조향각주는 어디 있지요?"

가기군이 자신의 옆을 가리켰다.

조향각주 악필승은 분명 가기군의 옆에 있었다.

그러나 가기군의 옆자리는 휑하기만 했다.

가기군이 헛숨을 터뜨리며 말을 이었다.

"앗, 벌써 자리를 떴군요. 아무래도……."

"잠시만요."

"왜 그러십니까? 조향각주에게 시간을 벌어 주려고 그러시는 겁니까?"

가기군이 고개를 갸웃했다.

그도 그럴 것이, 조향각주 악필승은 세 명 중 무공이 가장

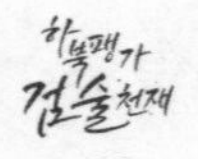

낮았다.
"그냥 둘이 가는 게 어떻겠습니까? 어차피 둘이 성공시키면 그 공 또한 크지 않겠습니까?"
"흠."
헛기침하며 잠시 고민하던 가기군이 눈을 반짝였다.
가기군은 주변 지형을 살피고는 자신의 계획을 털어놓았다.
"그러니까……."
"좋습니다."
담천호도 흔쾌히 수락했다.
계획이 정해지자 가기군은 기척을 죽인 후 허리를 숙였다.
그는 재빨리 몸을 감추며 담천호에게 손짓했다.
독각서우를 포위하자는 뜻이었다.
담천호의 말대로, 어린 무소라면 생포하는 것도 그리 어렵지 않을지도 모른다.
한빈은 분명히 남만의 독각서우와는 아주 다르다고 했다.
그렇다면 이곳의 독각서우는 남만의 그것과는 다르게 아주 작을 수도 있었다.
여기까지 생각을 마친 가기군의 가슴에서 미세하게 호승심이 피어올랐다.
가기군은 정보를 담당하는 주작각에 있으면서 깨달은 것이 하나 있었다.

모든 관계는 거래라는 것이다.

가기군은 최근에 한빈에게 기연을 받았다.

바로 검기를 희미하게나마 피워 낼 수 있는 경지에 이른 것이다.

그의 평생의 숙원을 한빈이 이루어 줬다.

그렇다면 자신은 상대에게 무엇을 주어야 할까?

아직은 그에게 줄 것이 없었다.

이대로라면 앞으로도 빚을 갚을 방법은 없었다.

빚을 갚으려면 지금이라도 새로운 발상이 필요했다.

그것은 한빈의 요구에만 끌려다니지 말고 그의 지시를 아예 뛰어넘는 것이다.

그런 면에서 담천호의 제안은 맞았다.

가기군은 활활 타오르는 눈빛으로 담천호를 바라봤다.

담천호의 눈빛도 그리 다르지는 않았다.

어찌 보면 담천호의 눈빛은 가기군보다도 더 빛났다.

둘은 손짓을 주고받고는 고개를 끄덕였다.

서로의 의견에 동의한 것이다.

담천호가 오른쪽을 맡고 가기군이 왼쪽을 맡기로 했다.

오른쪽에는 독각서우가 몸을 숨긴 바위보다 더 큰 바위가 있었다.

담천호가 그 바위로 올라가 일격을 날리기로 한 것이다.

독각서우는 영물.

그 일격에 기절시킬 수는 없었다.

독각서우가 도망칠 때 그것을 막는 것이 가기군의 임무였다.

가기군은 숨을 참았다.

겁이 나서가 아니라, 독각서우가 도망갈까 봐 두려워서였다.

한번 생각을 바꾸자 도망치기 급급했던 겁쟁이에서 매의 눈을 한 사냥꾼이 되었다.

계산이 아닌 호승심으로 가기군이 움직였다는 점은 실로 놀라운 일이었다.

한빈이 전한 구결처럼 그는 마음부터가 바뀌었다.

가기군의 표정은 그 어느 때보다 결연해 보였다.

그는 도갑을 움켜쥐고 왼쪽으로 돌아 독각서우의 앞을 막기 위해 자리 잡았다.

이것이 그들의 계획이었다.

그때였다.

독각서우가 움직였다.

크릉.

그 움직임을 본 가기군이 자신의 입을 틀어막았다.

튀어나오려는 비명을 막기 위해서였다.

독각서우가 어물쩍거리던 이유가 있었다.

커다란 코뿔소가 공격하지 않았던 것은 급한 용무가 있었기 때문이었다.

독각서우의 발밑에는 커다란 늑대 무리가 짓밟혀 있었다.

그 늑대들은 하북에서 가장 사악하다는 잿빛 늑대를 닮아 있었다.

어찌 보면 추룡산맥의 북쪽에서는 보기 힘든 늑대였다.

독각서우는 늑대 무리를 잘근잘근 밟고 있었다.

더 무서운 것은 늑대도 만만치 않다는 점이었다.

어둠 속에서 틈을 노리기 위해서 소리조차 내지 않고 있었다.

저런 싸움이 벌어지고 있었는데, 언덕 반대쪽에서는 전혀 몰랐다는 것에 소름이 돋았다.

즉, 독각서우의 뿔이 움찔대던 것은 겁이 나서가 아니라 늑대를 밟고 있었기에 보인 움직임이었다.

어찌나 힘 조절을 잘했는지 늑대의 몸에서는 피가 흘러나오지 않았다.

가기군은 이 부분이 기가 막혔다.

혈향이 흘러나오지 않게 늑대를 죽였다는 것은 누군가에게 그것을 숨기기 위함이 분명했다.

그 누군가는 바로 다음 목표물이 분명할 테고 말이다.

다음 목표물은 당연히 자신과 담천호일 것이다.

가기군은 침을 꿀꺽 삼켰다.

여기에 더해 가기군이 한 착각이 하나 더 있었다.

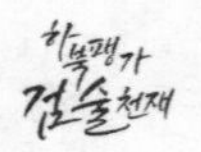

그것은 바로 독각서우의 크기였다.

조그만 새끼 무소라고 판단한 것은 실수였다.

독각서우는 보통의 무소와 생김새가 전혀 달랐다.

모양이 남만야수궁의 독각서우와 많이 다르다는 한빈의 말은 정확했다.

사람들이 말하는 것보다 더 거대했고, 뿔만 무시무시한 게 아니었다.

온몸에 창날을 닮은 검은 돌기가 솟아나 있었다.

크기도 마찬가지였다.

커다란 코뿔소를 몇 마리 합쳐 놓은 듯 거대했다.

마치 병사들이 쓰는 성문 파괴 무기와 비슷한 느낌을 받았다.

저것이 들이받는다면 화경의 고수도 어쩔 수 없겠다는 생각이 들었다.

다만 뿔만 보였기에 착각한 것이었다.

그때였다.

담천호가 바위 위로 오르는 것이 보였다.

그 모습에 가기군은 재빨리 손을 교차시켰다.

계획을 중지하자는 신호였다.

가기군의 신호를 본 담천호가 도갑을 만지작거리다가 눈을 크게 떴다.

그의 본래 계획은 간단했다.

바위 위에 올라서 도를 빼 들고 독각서우의 정수리에 그대로 도신을 박아 넣으려고 했었다.

백정이 소를 잡듯 말이다.

무소도 소가 아니던가?

독각서우도 무소에 불과했다.

이렇게 생각하니 놈이 일반적인 소라는 생각까지 들었다.

영물이니 정수리를 한 번에 꿰뚫지는 못해도, 충격을 가하면 쓰러뜨리는 것은 문제가 되지 않는다고 생각했다.

기절시키기에는 충분한 한 수였다.

물론 지금 독각서우를 보고 난 담천호의 머릿속에서 이전의 계획은 싹 지워졌다.

도갑을 들고 있는 그의 왼손이 살짝 떨렸다.

이것은 본능이었다.

호승심이 가장 강하다는 담천호도 본능적으로 위축된 상황이었다.

조금 전 내단을 취하니 어쩌니 하던 자신의 말이 후회되었다.

담천호는 숨을 죽이고 다시 도갑을 허리에 찼다.

지금 독각서우 가까이에 있는 것은 담천호.

가장 위험한 것도 담천호였다.

뒤로 물러나던 담천호가 동작을 멈췄다.

독각서우가 고개를 들었기 때문이다.

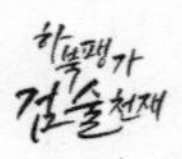

고개를 들고 높은 바위를 쳐다보는 모습은 마치 기척이라도 느낀 것 같았다.

독각서우는 다시 머리를 숙였다.

높은 뿔로 늑대의 사체를 툭툭 치더니 한곳에 모았다.

담천호는 그 모습에 아예 숨도 쉬지 않았다.

독각서우가 늑대의 사체를 정리하는 모습은 마치 흑도들의 모습과도 비슷했다.

더욱 무서운 것은 지금 조금씩 움직이고 있는데 소리도 들리지 않는다는 점이었다.

마치 다음 사냥을 위해 기척을 숨기는 사냥꾼의 모습이었다.

담천호는 석상이 된 것처럼 미동조차 하지 않았다.

다행히도 독각서우는 방향을 돌렸다.

담천호가 있는 바위 쪽이 아닌 다른 쪽으로 바라보며 콧김을 뿜고 있었다.

독각서우의 코에서는 마치 연기가 올라오는 듯했다.

짐승의 코가 아니라 굴뚝처럼 보일 정도다.

콧김을 쩍쩍 뱉으며 발을 구른다.

이제 목표를 정했다는 뜻이었다.

툭툭 뒷발로 흙바닥을 파는 모습은 목표를 향해서 단숨에 달려갈 준비를 하는 것 같았다.

거기에 분위기로만 보면 일격 필살을 준비하는 고수의 기세가 뿜어져 나오고 있었다.

저 공격이 자신을 향하지 않은 것이 다행이라고 생각하던 담천호의 눈이 커졌다.

"저건……."

담천호는 말끝을 흐렸다.

거대한 독각서우가 바라보고 있는 쪽에는 가기군이 숨을 죽이고 있었다.

신호를 보낸 뒤 가기군은 나무 뒤에 숨어 있었다.

그 모습이 높은 바위에 올라가 있는 담천호의 눈에는 모두 보였다.

가기군은 완벽하게 기척을 숨겼다고 생각하고 있는 듯 보였다.

그것은 착각이었다.

위쪽에서 보기에는 독각서우에게 완전히 기척을 들켰다.

거기에 한술 더 떠 다음 목표물이 된 것이 분명했다.

사삭.

독각서우가 움직이기 시작했다.

담천호의 눈이 한계까지 커졌다.

마치 고수가 초상비를 펼치는 것처럼 완벽하게 소리를 숨겼다.

사삭.

독각서우와 가기군의 사이가 점점 가까워졌다.

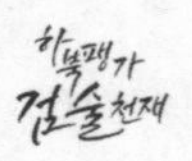

조금만 더 있으면 가기군은 저 커다란 무소의 발에 밟힐 것이 분명했다.

담천호는 이를 악물었다.

이 모든 것은 자신의 계획이었다.

가기군이 자리를 피하자고 할 때 독각서우를 잡자고 했던 것도 그였다.

비록 계획을 취소하자고 신호를 보내왔어도 최종 책임은 담천호가 지는 것이 맞았다.

그는 결심한 듯 품 안에서 뿔피리를 들었다.

한빈이 준 뿔피리였다.

조금 이른 감은 있지만, 한빈이 준 뿔피리를 써야 할 때가 온 것이다.

담천호가 재빨리 뿔피리를 불었다.

피리를 불던 담천호가 피리를 입에서 뗐다.

한빈이 위급할 때 불라고 준 피리는 막힌 것처럼 소리가 안 나왔다.

"이게 대체……."

피리를 살피던 담천호의 눈이 커졌다.

뿔피리의 입구 쪽이 꽉 막혀 있었다.

아무래도 종이가 입구를 틀어막고 있는 것이 분명했다.

그는 재빨리 종이를 뿔피리에서 빼냈다.

종이를 뺀 담천호는 고개를 갸웃했다.

자세히 보니 종이가 아니라 얇은 천이었다.

담천호는 재빨리 천을 펼쳤다.

순간 담천호의 눈이 커졌다.

마지막 구결은 각자도생(各自圖生)입니다. 그리고 이 식별 띠를 팔에 차시길 바랍니다.

순간 담천호는 그대로 굳었다.

마지막 구결이 각자도생이라니!

각자도생이란 단어를 듣자 살고 싶다는 간절함이 배가되었다.

세상에 믿을 놈 하나 없다는 강호 속담이 떠올랐다.

담천호도 이것이 한빈의 배려라는 것은 알고 있다.

가슴속에서 구걸십팔보의 핵심이라는 간절함이 솟아오르니 말이다.

이것은 천수장의 훈련에서는 못 느꼈던 생존 본능이었다.

무공을 위해서는 목숨도 바치겠다는 결심은 눈 녹듯 사라졌다.

무공도 살아남아야 필요한 것이다.

담천호는 일단 각자도생이라는 단어를 머릿속에 담고 한빈이 건넨 천을 팔에 둘렀다.

한빈의 말대로 그것은 식별 띠였다.

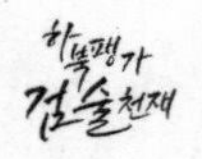

어떻게 쓰는지는 모르겠지만, 일단 한빈을 믿는 수밖에 없었다.

오늘 밤 이곳에서 살아남는다고 해도, 구걸십팔보의 걸음마를 뗄 수 있을지는 확신할 수 없었다.

중요한 것은 일단 살아남는 것.

그때였다.

스무 걸음 정도 떨어진 곳에서 굉음이 들려왔다.

쿠아앙!

고개를 돌려 보니 가기군이 숨어 있던 나무가 반 토막 나 있었다.

어른이 몸을 숨길 만큼 커다란 나무였는데 힘없이 쓰러진 것이다.

나무가 쓰러지는 충격 때문에 튕겨 나간 가기군의 모습이 들어왔다.

담천호는 재빨리 뿔피리를 불었다.

뿌우.

한빈에게 도움을 청하기 위해서는 아니었다.

각자도생이라는 한빈의 뜻은 담천호도 알고 있었다.

단지 가기군을 이대로 두면 안 될 것 같기에 독각서우의 시선을 돌리기 위해서였다.

다행히도 담천호의 수가 먹혔는지 독각서우가 방향을 바꾸었다.

투—다다다닥.

이제는 기척을 숨길 필요 없다는 듯 달려오는 독각서우의 모습에, 담천호는 재빨리 기척을 숨겼다.

그러고는 높은 바위에서 내려와 가기군이 있는 쪽으로 뛰었다.

동시에 담천호가 올라갔던 바위 쪽에서 굉음이 울렸다.

쿠앙!

쩌저적!

본능적으로 고개를 돌렸던 담천호가 입을 크게 벌렸다.

날벌레가 몇 마리 들어갔지만, 담천호에게 그것은 문제가 안 되었다.

자신이 올라가 있던 바위 일부가 쪼개져 나간 것이다.

저런 괴력이라면 독이 문제가 아니었다.

담천호가 가기군의 소매를 잡고 뛰었다.

"죄송합니다. 제가 독각서우를 잡겠다고 한 건 실수였습니다."

"제가 놈을 너무 만만히 봤습니다, 현무각주."

가기군이 미간을 좁히며 답했다.

독각서우의 시야에서 벗어났다고 생각한 담천호가 다시 말을 이었다.

"그런데 아무리 생각해도 막내 공자님이 약속한 건 믿지 않는 게 좋을 것 같습니다."

"그게 무슨 말입니까?"
"아무리 심한 상처를 입어도 치료해 주겠다고 한 말 말입니다."
"그게 왜 거짓말입니까?"
"부상자는 절대 있을 수 없습니다."
"저리 흉포한데 부상자가 있을 수 없다니요?"
"저놈에게 걸리면 즉사입니다. 사망자는 있을 수 있어도 부상자는 없다는 데 제 목을 걸지요."
"헉, 그럼 지금이라도 막내 공자가 준 뿔피리를 부는 게 좋겠습니다."
"그것도 소용없습니다."
"그건 또 무슨 말입니까?"
"아마도 뿔피리의 앞을 천 쪼가리가 막고 있을 겁니다."
"그게 대체……."
말끝을 흐리던 가기군은 재빨리 품 안에서 뿔피리를 꺼냈다.
그러고는 피리의 입구를 막고 있던 천을 찾았다.
가기군이 천을 펴자 담천호가 힘없이 말을 이었다.
"거기에 각자도생이라고 쓰여 있을 겁니다. 그게 마지막 구결이랍니다."
"아닌데요."
가기군이 고개를 흔들자 담천호가 다급히 물었다.

"그, 그게 무슨 말입니까?"
"여기 보십시오."
가기군이 천을 내밀자 담천호가 놀란 듯 가기군의 천을 빼앗았다.
다른 건 다 똑같지만, 쓰여 있는 구결이 달랐다.

마지막 구결은 천우신조(天佑神助)입니다. 그리고…….

"어떻게 이럴 수가 있죠?"
담천호가 떨리는 손으로 글귀를 가리키자 가기군이 재빨리 답했다.
"이건 막내 공자의 안배 같습니다."
담천호가 깜짝 놀라 물었다.
"안배라니, 그게 무슨 말씀입니까?"
"하북팽가의 가칙 십이 조가 뭡니까? 뭉치면 살고 흩어지면 죽는다는 것이 아닙니까? 저희는 그 가칙을 위반했습니다. 아마도 막내 공자님은 저희의 행동까지 예측해서 과제를 내리신 것 같습니다."
"대체 막내 공자님은……."
"제갈공명의 현신이 맞는 것 같습니다. 저희는 그 비단 주머니를 쪼갠 우매한 수하가 되는 것이고요."
"헉!"

담천호가 비명을 터뜨렸다.

가기군이 예를 든 비단 주머니는 제갈공명이 유비의 위험을 예측하고 조자룡에게 전했던 세 개의 주머니를 뜻한다.

즉 한빈은 여기에서 한술 더 떠 비단 주머니가 셋으로 쪼개질 것까지 예상했다는 이야기였다.

기연은 구결을 싣고

담천호는 등골에서 서늘한 기운을 느꼈다.

쫓아오는 독각서우의 기세도 무서웠지만, 한빈의 예지력에 전율을 느꼈기 때문이었다.

물론 한빈이 들었다면 자다가 봉창 두드리는 소리를 하냐고 호통을 쳤을 것이다.

한빈이 아무리 머리가 좋아도 여기까지 예상한 것은 아니기 때문이다.

가기균의 얼굴도 놀라움에 물들기는 마찬가지였다.

다만, 가기균은 위기에 몰린 상황에서도 빠르게 상황을 파악하고 표정을 수습했다.

주작각을 맡고 있는 각주다운 표정이었다.

그는 지체 없이 말을 이었다.

“일단 악필승 각주를 찾아서 마지막 구결을 얻어야겠습니다.”

“그럼 어서…….”

담천호는 말을 잇지 못했다.

저 멀리서 검은 신형 하나가 이곳으로 달려오고 있기 때문이었다.

그것은 누가 봐도 악필승이었다.

얼굴을 알아볼 만한 거리가 되자 악필승의 목소리가 들렸다.

“한 마리가 아닙니다!”

“헉, 한 마리가 아니라니 그게 무슨…….”

담천호가 눈을 크게 떴다.

악필승의 뒤쪽에서는 아까 마주했던 놈보다 조금 작은 무소가 달려오고 있었다.

그때 뒤쪽에서 다시 굉음이 울려 퍼졌다.

쿠아앙!

반대쪽에서 달려오는 독각서우가 나무를 부러뜨리는 소리였다.

가기군이 재빨리 악필승에게 외쳤다.

“빨리 뿔피리를 꺼내십시오!”

“저는 벌써 썼습니다. 뜻 모를 구결이 적혀 있더군요.”

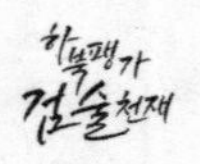

악필승은 벌써 팔에 식별 띠를 차고 있었다.

그 모습을 본 가기군이 다급하게 외쳤다.

"그럼 어서 구결을 말씀해 주시죠!"

"탄탄대로(坦坦大路)입니다."

"그럼 탄탄대로, 천우신조, 각자도생이 마지막 구결인 것 같습니다. 일단 자리를 피하며 생각해 보죠!"

가기군이 모두에게 외쳤다.

그들은 죽을 둥 살 둥 있는 힘을 다해 자리를 피했다.

마지막으로 찾은 세 개의 구결을 조합하기 위해 그들은 뛰면서도 머리를 굴려야 했다.

한마디로 무아지경, 아니 아수라지경이라고 해야 정확한 것 같았다.

하지만 그들이 정작 모르고 있는 것이 하나 있었다.

그렇게 달리는 동안에 그들은 자신을 가뒀던 한계에서 벗어나고 있었다.

내공이 아닌 순수한 힘만으로 뛰면서도 자신이 지쳤다는 것조차 못 느끼고 있었다.

이것은 살고 싶다는 순수한 의지에서 나온 초인적인 힘이었다.

하루 전의 그들의 모습과 지금의 그들은 전혀 달랐다. 아니, 일각 전의 그들 모습과 지금의 그들은 달라졌다고 해야 정확할 것이다.

문제는 독각서우가 두 마리가 아니었다는 점이었다.

사실 군이 독각서우라는 영물이 아니어도, 이 정도 숫자의 무소 떼가 들이닥친다면 막을 수 없었다.

무소의 가죽은 일반 짐승의 가죽과는 전혀 달랐으니까.

그런데 일반 무소보다 몇 배는 더 단단한 가죽에, 덩치도 몇 배 더 큰 영물이 바로 독각서우였다.

이제 그들의 다리는 보이지 않을 정도가 되었다.

하루가 아니라 한 시진도 안 되어서 구결십팔보의 첫걸음에 가까워지고 있었다.

추격전이 벌어지고 있는 추룡산맥의 산 중턱.

그 가장 높은 봉우리에서 두 신형이 안광을 빛내고 있었다.

그들은 현문과 팽혁빈이었다.

팽혁빈은 마른침을 삼키며 발아래에 펼쳐진 광경을 바라보고 있었다.

그에 비해 현문은 침착한 표정으로 탄성을 내질렀다.

“오호, 천고의 기재로군!”

“그게 무슨 말씀입니까?”

팽혁빈이 불안한 표정으로 묻자 현문이 아래쪽을 가리켰다.

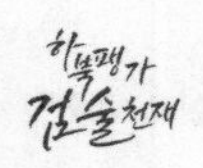

"저기 보게. 아이들의 속도가 점점 빨라지고 있어. 본능적으로 구걸십팔보를 체득하고 있는 게지. 저건 일신우일신 정도가 아니네. 일각마다 경공의 경지가 바뀌고 있음이야."

"아무리 그래도 죽으면 무슨 소용입니까?"

"자네는 아우를 못 믿는군."

"제 아우를 믿긴 하지만, 그래도 저건 너무 위험한 작전이라고 생각합니다."

현문은 아래를 보며 더욱 안력을 돋구었다.

잠시 상황을 살피던 그가 말을 이었다.

"생각보다 많긴 많군. 적혈맹호대까지 동원했는데도 여유가 없는 걸 보면 여기에 얼마나 많은 영물이 사는지 짐작도 안 되는군."

그의 말은 사실이었다.

독각서우는 한 마리가 아니었다.

수십 마리가 추룡산맥의 중턱을 누비고 있었다.

이곳에서 어떻게 백년열화초를 찾을지 감도 잡히지 않았다.

백년열화초는 한빈이 찾으러 간 상태.

한빈은 나머지 인원들에게 틈을 만들어 달라고 했다.

현문이 한빈의 부탁을 떠올리고 있을 때였다.

그는 재빨리 고개를 돌렸다.

그곳에는 설화가 청화와 함께 당과를 먹고 있었다.

현문이 설화를 보며 말했다.

"저쪽에 누군가 쓰러져 있군."

"저쪽이요?"

설화가 고개를 갸웃하자 현문이 다시 손가락으로 정확한 위치를 가리켰다.

"북동쪽을 잘 보면……."

"네, 확인했어요."

고개를 끄덕인 설화가 재빨리 청화를 잡아끌고 달려갔다.

그때였다.

소군이 외쳤다.

"저도 같이 가요!"

"너는 나중에 조금 더 크면!"

청화의 외침이 산중에 울렸다.

설화와 청화는 이번 작전에 있어서 구조 임무를 맡고 있었다.

이곳에 서식하는 독각서우의 수는 제법 많았다.

심미호를 비롯한 적혈맹호대는 만독불침은 아니어도 백독불침 정도의 경지에 이르렀다.

그들도 지금 독각서우를 유인하고 있었다.

독각서우의 독이 독하다만, 백독불침의 경지에 이른 심미호와 적혈맹호대를 즉사시킬 수는 없었다.

그들은 독각서우를 유인할 뿐 아니라 세 명의 각주들을 안

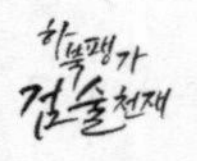

보이게 보살피고 있었다.

그러다 보니 때로는 부상자도 생겨났다.

그 치료를 맡은 것이 바로 청화였다.

독각서우의 독 정도는 청화가 바로 흡수할 수 있었다.

그리고 설화의 무공과 경공술이면 몇 마리의 독각서우는 아무렇지 않게 따돌리거나 막을 수 있었다.

그런 이유로 그들이 구조대의 임무를 맡은 것이다.

현문은 여기까지는 이해하고 있었다.

하지만 새롭게 보는 소군의 존재는 다소 의외였다.

이곳에서 쓸쓸히 있는 소군은 아무런 두려움도 느끼지 않는 듯 보였다.

열 살 정도로 보이는 아이였다.

팽혁빈도 마른침을 삼키면서 치열한 추격전을 바라보고 있는데, 소군은 경극을 바라보듯 구경하고 있었다.

저 또래의 아이가 가능한 일인가?

소군의 표정을 보면 마치 불혹을 넘은 중년 고수를 보는 듯했다.

열 살에 저런 표정을 짓고 있는 것이 현문은 안타까웠다.

그때였다.

소군이 뭔가 생각났다는 듯 고개를 들어 하늘을 바라봤다.

보름달을 확인한 소군이 품에서 조그만 죽통 하나를 꺼냈다.

그러더니 뚜껑을 따고 그대로 들이마신다.

인상을 찌푸리는 것이 약을 먹을 때만은 어린아이 같았다.

현문이 고개를 갸웃하며 물었다.

"몸이 안 좋더냐?"

"이것 때문에 물어보시는 거예요? 할아버지."

소군이 죽통을 흔들어 보이자 현문이 말했다.

"흠, 아무래도 입에 쓴 약 같아서 말이다."

"우리 공자님이 말씀하셨는데, 이걸 먹어야지 다 나을 수 있대요."

"흠, 그게 무슨 약인지 궁금하구나."

"그건……. 저도 몰라요. 헤헤."

"뭔지도 모르고 그냥 먹는 것이냐?"

"공자님을 믿으니까요."

"그런데 이상하게 그 약에서 혈향이 나는 것 같구나."

현문이 단도직입적으로 물어봤다.

그가 이렇게 자세히 물어보는 이유는 약에서 사람의 혈향이 풍겼기 때문이다.

다른 이는 못 알아챘지만, 화경의 고수인 현문은 느낄 수 있었던 것이다.

현문의 표정을 본 소군이 아무렇지 않게 답했다.

"맞아요. 저도 혈향을 맡았어요."

"그런데도 의심 없이 약을 먹는 것이냐?"

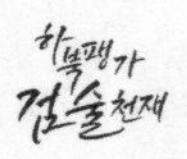

"당연하죠. 공자님이 주신 거잖아요."

소군의 답변에는 변함이 없었다.

한빈이 소군에게 전한 것은 마령지체의 깨진 단전을 복구하는 약이었다.

소군의 마령지체를 복구하기 위해서는 천산혈랑의 내단이 필요했다.

아직 한 마리가 남아 있다면서 잔혈마창이 북쪽으로 향했지만, 그것은 기약할 수 없는 여정이었다.

그때 한빈이 선택한 것이 바로 소군을 위해서 약을 만드는 일이었다.

소군이 먹는 약 속에는 천산혈랑의 내단과 비슷한 성분이 일부 포함되어 있었다.

그것이 바로 한빈의 피였다.

과거 한빈은 천산혈랑의 내단을 모두 복용했다.

한빈은 자신의 피에 남아 있는 천산혈랑의 기운을 소군에게 전해 주려고 약을 제조한 것이었다.

소군은 이 사실을 모른 채 보름달이 뜰 때마다 이 약을 복용하고 있었다.

한빈도 그 약이 어떤 효과를 가져올지 예측하지 못했다.

다만, 마령지체가 완벽하게 깨지는 것을 막아 줄 것이라 확신하고 있었다.

해맑게 웃던 소군의 표정이 바뀌었다.

심각한 표정으로 뭔가를 생각하는 듯하자, 현문이 다시 물었다.

"왜 그러느냐?"

"공자님이 지금 귀가 간지러우신 것 같아요."

"그걸 네가 어떻게 아느냐?"

"그냥 느낌이에요, 할아버지."

"허허."

현문이 허허롭게 웃었다.

소군의 말대로 한빈은 지금 귀를 만지작거리고 있었다.

"누가 내 얘기를 하나? 내 얘기를 할 사람은 없을 텐데……."

의문도 잠시, 한빈은 고개를 저었다.

이것은 한빈의 착각이었다.

세 명의 각주뿐 아니라 적혈맹호대 대원들도 입에서도 한빈의 이름이 계속 나오고 있는 상황이었다.

소군이 한빈의 감각을 느끼는 것은 그가 준 약 때문일지도 몰랐다.

물론 이것은 한빈도 예측 못 한 약효였다.

한빈은 다시 앞을 살피며 걸었다.

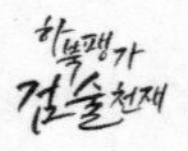

중요한 것은 백년열화초를 손에 넣는 것이다.

한빈은 백년열화초가 이곳에 있다는 것을 확신하고 있었다.

전생에도 몇 명만 알고 있는 사실이었다.

문제는 이 부근을 샅샅이 뒤져 봤지만, 찾을 수 없었다는 점이었다.

백년열화초는 보름달을 받으면 빛난다.

처음에는 곳곳에 보이는 빛에 한빈은 쾌재를 불렀다.

그러나 기쁨도 잠시, 그 빛은 백년열화초가 아니라 독각서우의 배설물이었다는 것을 알아채고는 실망했었다.

이후 한빈은 몇 마리의 독각서우를 찾아냈다.

문제는 독각서우의 주변에 백년열화초가 없다는 점이었다.

그래서 한빈이 취한 방법이 독각서우를 유인해서 달리게 하는 것이었다.

끊임없이 달리다 보면 독각서우는 금세 허기를 느낄 테고, 먹이가 있는 방향으로 한빈을 안내할 것이었다.

그런데 한빈의 예상을 벗어났다.

소란에 움직인 독각서우는 예상보다 많았다.

그래서 적혈맹호대까지 투입된 상황이다.

문제는 그 후 생겼다.

놈들은 쉬지 않고 달릴 뿐, 먹이를 탐하지 않았다.

독각서우의 지구력은 일반적인 무소와 다른 것이 분명했다.

불행 중 다행인 것은 독각서우가 이동한 흔적이 눈에 잘 띈다는 점이었다.

마치 화선지에 붓으로 검은 선을 그어 놓은 것처럼 독각서우가 지나간 자리에 있던 나무 중 몇 그루는 낫처럼 꺾여 있었다.

거기에 땅도 움푹 파여 있었다.

침입자가 여럿이라고 판단하고 다소 흥분한 것이 분명했다.

그 흔적은 한곳에서 뻗어 나와 있었다.

그곳에 백년열화초가 있는 게 분명했다.

흔적을 따라 천천히 걷던 한빈이 발길을 멈췄다.

드디어 흔적의 중심에 도달했다.

앞을 본 한빈은 고개를 갸웃했다.

지금 눈앞에는 독각서우의 무리가 한곳에 모여 있었다.

놈들은 누가 봐도 뭔가를 지키고 있었다.

그 뭔가가 백년열화초라고 한빈은 생각했다.

자신의 식량을 지키기 위해서 저렇게 둥그렇게 겹겹이 경계 태세를 취하고 있는 것이 분명했다.

확실히 영물은 영물이었다.

수비하는 놈과 공격을 하는 놈들이 정확히 나누어져 있으

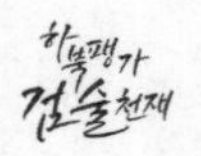

니 말이다.

놈들은 제압하고 백년열화초를 취하는 것은 불가능할 것이었다.

남이 백년열화초를 취하려고 하면 짓밟을지언정 빼앗기려고 하지 않는 것이 독각서우의 성격이었다.

전생에 정의맹에서 이곳의 백년열화초를 찾았던 것은 기연에 가까웠다고 들었다.

그때는 모든 독각서우가 떠난 상태였다고 한다.

남아 있는 독각서우의 사체와 배설물 등을 통해서 놈이 이곳에서 살았다는 것을 추측했을 뿐, 놈들과 마주치지는 않았다고.

지금은 전생과 상황이 아주 달랐다.

한빈은 품에서 붉은 통 하나를 꺼냈다.

그러고는 망설임 없이 붉은 통의 아래에 나와 있는 심지에 불을 붙였다.

치지직.

심지가 점점 줄어들었다.

한빈은 불꽃이 붉은 통 아래에 숨어 들어가자 허공으로 던졌다.

'백발백중!'

용린검법의 초식을 사용해서 던진 붉은 통은 정확한 지점을 향해서 날아갔다.

그곳은 독각서우의 무리가 모여 있는 곳의 위쪽이었다.
정확히 무리의 중심 위를 향한 붉은 통이 허공에서 보기 좋게 터졌다.
팡!
붉은색 불꽃이 유려하게 선을 그리며 내려왔다.
마치 밤하늘에 난을 그려 놓는 듯한 풍경.
하지만 그건 한빈의 입장이지, 독각서우는 움찔거리며 뒷걸음쳤다.
마치 사람과 비슷한 감정을 지닌 듯한 느낌이다.
두려움도 알고 지켜야 할 대상도 정확히 인지하고 있다는 생각이 들었다.
한빈은 재빨리 용린검법의 초식을 떠올렸다.
'유유자적.'
유유자적은 이미 시험을 끝낸 초식이었다.
단순하게 기척을 숨기는 것뿐 아니라 그들과 동화되어 상대가 알아채지 못하게 만드는 초식.
은신술과 귀식대법의 최고 단계에 속하는 초식이었다.
이 초식을 쓰기 위해서라면 잠시라도 놈들의 시선을 돌려야 했다.
놈들은 그 정도로 경계가 심했다.
신호탄으로 그들의 관심을 돌린 후 유유자적을 쓰면 아마도 놈들이 지키는 것이 무엇인지를 알 수 있을 것 같았다.

한빈은 조용히 독각서우의 틈에 섞여 들었다.

놈들의 경계를 뚫은 한빈은 눈을 가늘게 떴다.

안쪽에는 조그마한 굴이 있었다.

마치 두더지가 파 놓은 듯한 땅굴이었다.

물론 그 크기는 새끼 독각서우가 들어갈 정도는 되었다.

덕분에 한빈은 손쉽게 땅굴로 들어갈 수 있었다.

대신 땅굴로 들어서며 한빈은 검집을 쥔 손에 힘을 주었다.

언제라도 월아를 빼내기 위함이었다.

한빈이 경계하는 것은 함정이었다.

독각서우를 영물이라고 부르는 이유는 사람만큼 지능이 뛰어나기 때문도 있었다.

사삭.

바닥에 내려앉은 한빈은 고개를 갸웃했다.

두더지 굴처럼 허름한 통로를 거쳐 내려왔는데 안쪽에는 다른 세상이 펼쳐져 있었다.

마치 기관진식에 뛰어난 강호인이 공간을 만들어 놓은 것처럼 안쪽에는 널따란 공간이 펼쳐져 있었다.

한빈은 조용히 주변을 둘러봤다.

땅속인데도 주변을 살피는 데는 큰 문제가 없었다.

한빈이 있는 공간의 벽면에는 발광버섯이 자라나 있었기 때문이다.

과장을 조금 보태면 대낮처럼 환하다고 해도 될 정도였다.

한빈은 고개를 갸웃했다.

분명 수십 마리의 독각서우가 이곳을 지키고 있었다.

그런데 아무리 봐도 놈들에게 중요해 보이는 것은 찾을 수 없었다.

거기에 아무런 함정도 없었다.

거기까지 생각했을 때였다.

한빈의 눈에 두 개의 커다란 바위가 들어왔다.

그것을 본 한빈은 회심의 미소를 지었다.

두 개의 바위 중 하나에 풀이 잔뜩 자라 있었다.

보름달이 여기에 비치지는 않지만, 그 풀이 백년열화초라는 것에 대해서는 의심의 여지가 없었다.

독각서우의 배설물에서 났던 향과 거의 비슷한 향이 났기 때문이다.

한빈은 최대한 기척을 죽이고 백년열화초를 채집했다.

조심스럽게 백년열화초를 은빛 구슬에 넣었다.

반원 모양의 은빛 구슬을 하나로 합쳐서 그것을 목에 걸었다.

지금 한빈의 목걸이에는 제법 많은 구슬이 걸려 있었다.

그 구슬 안에는 이제껏 수집했던 물건들이 들어 있다.

한빈은 중요한 물건들을 이렇게 구슬에 매달아 보관하고 있었다.

한빈이 이곳에 들렀던 용무는 모두 끝났다.

이제 왔던 곳으로 나가면 독각서우와의 인연도 끝이었다.

천천히 자리로 돌아온 한빈은 위쪽을 보며 구결십팔보를 펼치려 했다.

그것도 잠시, 한빈은 재빨리 동작을 멈췄다.

한빈이 들어왔던 입구가 막혔기 때문이다.

입구로 들어와서 하늘을 올려다보면 분명히 달빛이 보였었다.

그런데 지금은 꽉 막힌 듯 달빛이 보이지 않았다.

순간 기분 나쁜 바람이 한빈의 뺨을 스쳤다.

휘릭.

한빈이 고개를 돌리자 그곳에는 집채만 한 독각서우 한 마리가 위용을 뽐내고 있었다.

방금 느꼈던 기분 나쁜 바람은 바로 놈의 콧바람이었다.

"대체……."

한빈이 어이없다는 듯 놈을 바라봤다.

놈이 다가올 때까지 한빈은 기척을 못 느꼈었다.

한빈이 반박귀진을 펼칠 때와 비슷하다는 이야기였다.

어색하게 웃으며 손을 흔들던 한빈은 뒤쪽으로 물러났다.

놈의 입장에서 보면 한빈은 침입자였다.

한빈도 놈과 이곳에서 다툴 필요는 없다고 생각했다.

놈이 길을 열어 주는 것이 상부상조라고 생각했다.

물론 이것은 한빈만의 생각이었다.

앞에 선 독각서우가 더욱 강한 콧김을 내뿜었기 때문이다.

내뿜는 콧김에서 열기가 전해졌다.

팔팔 끓는 주전자에서 뿜어져 나오는 김 같은 착각이 들 정도였다.

한빈은 재빨리 검집째 들어 앞을 막았다.

독각서우와 한빈의 간격은 불과 한 걸음.

그때였다.

독각서우가 고개를 살짝 움직였다.

앞으로 튀어나온 것이 아니라 고개만 움직여서 짧은 공격을 한 것이다.

한빈은 검집으로 독각서우의 뿔을 쳐 냈다.

전광석화의 효용이 담겨 있는 한 수였다.

그만큼 한빈의 대응도 빨랐다.

탕!

병장기 부딪치는 소리가 귓가에 들려왔다.

촌경!

지금 독각서우의 공격을 표현할 수 있는 적절한 단어였다.

공격에는 항상 준비 동작이 필요하다.

검이든 도든 지나온 거리에 비례해서 힘이 들어가는 것이 당연한 일.

하지만 촌경이라고 하는 수법은 그 거리를 단축한다.

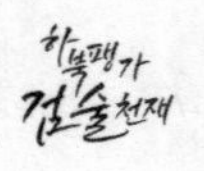

단 한 뼘의 공간에서 무시무시한 공격이 가능한 수법이다.
보통 내공을 이용한 타격에서 많이 쓰는 수법인데, 지금 독각서우가 그 수법을 쓴 것이다.
한빈은 재빨리 간격을 벌리고 콧김을 뿜어내는 놈을 자세히 관찰했다.
독각서우의 힘을 인간의 경지에 대입할 수 있을까?
만약 그것이 가능하다면 이놈은 이제까지 마주했던 그 어떤 적보다 강력할지도 몰랐다.
더 최악인 것은 입구가 막혀 있다는 점이었다.
이제까지 마주했던 적은 모두 한빈이 장소를 골랐다.
한빈보다 더 빠른 적은 없었다.
그런 이유로 후퇴가 자유로웠다.
하지만 이번은 달랐다.
이곳은 밀실에 가까웠다.
한빈은 고개를 슬며시 돌렸다.
순간 한빈은 입을 벌렸다.
그도 그럴 것이, 큰 바위 중 하나가 사라졌기 때문이었다.
아무래도 그 큰 바위 중 하나가 바로 이놈인 것 같았다.
그렇다면 더 최악이었다.
이건 놈들이 만들어 낸 함정이었다.
소란을 일으킨 적이 원하는 것을 알아채고 유인한 것이 분명했다.

한빈이 독각서우를 유인해서 백년열화초를 채집한 것이 아니라, 한빈이 유인당한 게 맞았다.

어찌 되었든 지금은 물러날 수 없는 상황.

상대를 죽이고 길을 열어야 한다는 것이 한빈이 처한 문제에 대한 정답이었다.

사실 미안하긴 했다.

내단도 없는 놈을 죽이고 싶지는 않았다.

한빈이 미안한 표정으로 외쳤다.

"미안하지만, 내가 살아야겠다!"

말을 마친 한빈은 월아를 검집에서 뺐다.

스릉.

냉랭한 날붙이 소리가 허공을 갈랐다.

순간 놈이 신경질적으로 울부짖었다.

크릉.

마치 늑대의 울음소리와 비슷했다.

그때였다.

독각서우의 뿔이 변했다.

모양이 변했다는 것이 아니고 색이 변했다.

검은색이었던 뿔이 점점 황금빛을 띠고 있었다.

"그것참!"

한빈이 다시 헛웃음을 지었다.

저건 분명히 내기를 운용하는 것이 맞았다.

어떤 원리인지는 모르겠지만, 독각서우도 무공을 펼치고 있었다.

그렇지 않고서야 저렇게 색을 바꿀 수는 없었다.

색의 변화만 보면 고수가 검기를 피워 내는 것과 흡사했다.

그때였다.

한빈의 눈이 한계까지 커졌다.

독각서우의 몸 곳곳에서 일렁이는 점이 나타났기 때문이다.

"대체 너는 뭐냐?"

놈에게 대답을 구한 것은 절대 아니었다.

눈앞에 보이는 일렁이는 점은 분명히 천급 구결을 나타내는 표식이 분명했다.

재미있는 것은 몸집이 큰 만큼 놈에게 나타난 천급 구결도 많았다는 점.

조금 과장하면 셀 수 없을 정도였다.

한빈은 마른침을 삼킨 후 미소 지었다.

"감사합니다. 잘 먹겠습니다!"

진심이 담긴 외침과 동시에 한빈의 신형이 화살처럼 앞으로 튀어 나갔다.

슝!

동시에 독각서우도 달려왔다.

한 번의 도약 후 놈의 다리가 땅에 닿지 않았다.

마치 초상비, 즉 풀 위를 나는 듯한 수법으로 이동하는 것 같았다.

한빈은 빠르게 숫자를 셌다.

'하나, 둘…….'

놈이 가까워지자 한빈이 재빨리 용린검법의 초식을 펼쳤다.

'허장성세.'

황금빛 뿔과 거의 맞닿으려 할 때였다.

월아가 흐물거리며 사라졌다.

태극을 그리던 월아가 옆으로 휜 것이다.

물론 한빈의 몸도 독각서우의 뿔 앞에서 사라졌다.

한빈은 어느새 뒤쪽에 자리 잡고 있었다.

독각서우가 한빈이 있던 자리로부터 한참 뒤에 있던 벽을 받았다.

순간 굉음이 귀청을 울렸다.

쾅!

지축이 흔들릴 정도의 충격이지만, 한빈은 웃고 있었다.

그도 그럴 것이, 한빈의 눈앞에는 용린검법의 글귀가 떠 있었다.

공격에 성공했다는 말이었다.

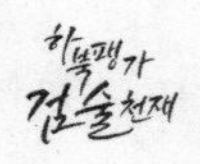

[용안으로 구결을 확인합니다.]

[천급 구결 이(利)를 획득하셨습니다.]

[천급 - 대(大), 이(利)]

[알 수 없는 구결 : 삼(三)]

드디어 새로운 구결이 떴다.

한빈은 월아를 살폈다.

방금 공격에 성공했지만, 손이 얼얼할 정도였다.

마치 강철을 검으로 내리친 느낌이었다.

거기에 더해 구결은 얻었지만, 독각서우의 가죽을 파고들지는 못했다.

자세히 보니 독각서우의 변화는 뿔만이 아니었다.

가죽에도 은은한 황금빛 기막을 피워 내고 있었다.

지금 독각서우의 모습은 마치 호신강기를 피워 내는 고수의 모습과도 같았다.

황금빛 호신강기를 피워 내다니!

놈이 강한 것은 확실했다.

다만 사람을 상대할 때와는 달리, 경지와 관계없이 성동격서가 먹혔다.

만약 사람이라면 분명히 무공의 격차가 높다는 글귀가 나타났을 것이 분명했다.

이것은 어찌 보면 행운이었다.

한빈은 멀리서 황금빛 호신강기를 피워 내는 독각서우를 향해 나지막이 외쳤다.

"구결은 잘 먹겠다! 그리고 나머지 구결도 잘 부탁하지!"

이건 진심이었다.

구결을 다 취하고 길을 열기만 하면 놈을 미련 없이 보내줄 것이었다.

말을 마친 한빈은 월아를 검집에 갈무리했다.

금강불괴를 이룬 고수와도 같은 놈이었다.

월아를 다치게 할 필요는 없었다.

검집째 공격하나 검신으로 공격하나 구결을 얻는 것은 똑같았다.

구결을 모두 획득하고 하면 그 후 다른 길이 열릴 것이었다.

그동안에는 월아의 검신을 보호하는 편이 한빈에게 유리했다.

한빈은 검파에 있는 술로 검집을 단단히 묶었다.

검집째 들고 독각서우의 몸에 일렁이는 구결을 채집할 작정이었다.

한빈이 월아와 함께 다시 움직였다.

거대한 독각서우와 대결을 이어 나간 지 정확히 반 시진이 지났을 때였다.

눈앞에 있는 무소의 천적이 용린검법이라는 것을 한빈은

알았다.

[용안으로 구결을 확인합니다.]

[천급 구결 감(甘)을 획득하셨습니다.]

[……]

[천급 구결 언(言)을 획득하셨습니다.]

연달아 들어오는 구결!

한빈은 놈의 무시무시한 기세를 생각하면 생각할 수 없는 성과를 이루어 냈다.

용린검법의 허장성세가 높은 확률도 적중했기 때문이었다.

두 번을 펼치면 그중 하나는 적중했다.

덕분에 한빈은 벌써 세 개의 천급 구결을 모았다.

[천급 - 대(大), 이(利), 감(甘), 언(言).]

[알 수 없는 구결 : 삼(三)]

이제 천급 초식 완성까지 남은 구결은 몇 없다.

물론 운이 좋을 경우였다.

만약에 구결의 조각이 맞지 않는다면?

그 후 몇 번을 더 시도해야 하나의 천급 초식을 완성할 수 있을 것이다.

그때였다.

독각서우의 뿔에 황금빛이 흐려졌다.

동시에 구결도 흐려진다.

정확히는 흩어진다고 해야 할까?

마치 선천진기를 다 뽑아 쓰고 쓰러지는 고수를 보는 느낌이었다.

급기야는 한빈과 마주했던 독각서우가 그 자리에 쓰러졌다.

털썩.

천급 초식의 완성을 위해서는 서둘러야 했다.

한빈은 재빨리 몸을 날렸다.

'전광석화!'

'일촉즉발!'

휙!

그러나 한빈의 검이 닿기 전에 점은 사라졌다.

"휴, 이런……."

한빈은 허탈한 눈빛으로 쓰러진 무소를 바라봤다.

무시무시했던 독각서우가 이제는 평범한 무소로 보일 뿐이었다.

무소라는 것이 중원에서 쉽게 볼 수 있는 동물은 아니었다.

평범한 무소를 본 사람들이라면 위압감을 느끼기 마련.

그런데 지금 쓰러진 놈에게는 그런 위압감 따위는 없었다.

조용히 바라보고 있자니 애처로운 느낌까지 받았다.

놈은 구결을 아낌없이 퍼 준 영물이었다.

하지만 한빈은 아직 구결에 대한 갈증이 가시지 않은 상태.

물론 측은지심이 중요한 것이 아니었다.

놈이 조금만 버텼다면…….

조금만 버텼다면 조금 더 많은 구결을 모을 수 있었을 것이다.

운만 좋으면 제법 많은 수의 천급 초식도 완성할지도 몰랐는데.

"저렇게 쓰러지다니! 휴……."

한빈은 한숨을 쉬었다.

천급 구결을 취하는 것만으로 저리 쓰러질 줄을 몰랐다.

한빈은 순간 눈을 빛냈다.

좋은 생각이 떠올랐기 때문이다. 한빈에게는 남들에게 없는 무공이 있었다.

바로 용린검법 속의 기괴한 초식들이었다.

공격과 방어뿐 아니라 세상을 살아가는 데 필요한 무공이 담겨 있는 비급이 아니던가?

지금 떠오르는 초식은 바로 하나였다.

한빈은 쓰러진 독각서우의 정면에 섰다.
자세히 보니 검은 뿔도 평범한 무소의 뿔처럼 색이 변해 있었다.
놈은 독을 내공으로 사용하는 것이 분명했다.
한빈은 놈을 향해 손을 뻗었다.
'기사회생!'
순식간에 공력이 눈에 띄게 줄어들었다.
기사회생으로 타인을 구한 것은 처음이 아니었다.
중독되어 죽어 가던 청화를 살린 것도 기사회생이었다.
물론 사람이 아니라 영물에게 사용한 것은 이번이 처음이었다.
과연 통할까?
이미 죽었다면 내공만 낭비한 결과가 될 터였다.
아직 기사회생의 초식을 다 펼치지 않았을 때였다.
뒤쪽 동굴 입구가 무너지는 소리가 들려왔다.
쿵! 쿠르릉!
소리는 들렸지만, 한빈은 고개를 돌리지는 않았다.
앞에 있는 놈을 치료해서 마지막 구결을 획득하는 것이 한빈의 목표.
지금은 그 목표에 집중해야 할 때였다.
이것은 측은지심 같은 것이 아니었다.
구결에 대한 순수한 열망.

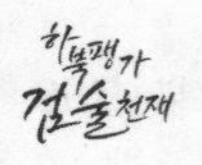

만약 쓰러진 독각서우가 한빈의 속마음을 안다면 벌떡 일어나서 뿔을 들이댈 일이었다.

한빈의 행동은 마치 소가 풀을 되새김질하는 것과 비슷했다.

이번 계획이 성공한다면 한빈은 소가, 독각서우는 풀이 되는 것이다.

물론 한빈이 이렇게 구결을 갈망하는 이유는 별도로 있었다.

무당산에 도착하기 전까지 한빈은 천급 초식을 최대한 모을 예정이었다.

천급 초식을 최대한 모아 놓은 상태에서 영웅 대회에 참가한다면?

그 영웅 대회에 참가한 고수 중 몇몇은 천급 구결을 가지고 있을 것이 확실했다.

그렇다면 그곳에서 천급 초식 열 개를 다 모을 수도 있었다.

그렇다면 숨어 있는 적과의 대결에서 우위를 점할 수 있을 터.

한빈은 독각서우에게 향했던 손을 거뒀다.

기사회생의 초식을 모두 펼쳤다.

이제는 쓰러진 독각서우가 기력을 되찾기를 기다려야 했다.

그때였다.

한빈의 목덜미에서 뜨끈한 바람이 불어왔다.

그 바람에 한빈의 고개가 자연스럽게 돌아갔다.

순간 한빈의 눈이 커졌다.

눈앞에는 공간이 아예 없었다.

독각서우의 무리가 공간을 모두 채우고 있었다.

몸을 피할 수도 없이 틈을 주지 않고 완벽히 한빈을 포위하고 있었다.

아무리 고수라도 공간이 없으면 초식을 펼칠 수 없는 법.

고수를 묶어 두기에 가장 좋은 방법은 공간을 장악하는 것이다.

흔히 고수 한 명이 하수 백 명을 상대하는 것은 그리 어렵지 않다고 한다.

하지만 그것은 공간이 남을 때의 이야기. 조그만 오두막에서 백 명의 적을 맞이한다고 가정하면 무공의 높고 낮음이 필요 없다.

검을 뺄 공간, 주먹을 내뻗을 공간도 없는데 어떻게 승부가 나겠는가?

지금이 딱 그런 상황이었다.

그럴 정도로 틈이 없었다.

바닥만 채운 것이 아니라 큰 독각서우의 몸 위에 다른 독각서우가 올라타서 공간을 채우고 있었다.

놈들은 마치 병법이라도 배운 것처럼 행동하고 있었다.

거기에 뒤쪽에서는 계속 소리가 들려왔다.

쿵, 쿠쿠 쿵!

동굴이 무너지는 소리가 아니라 무소들이 아래로 뛰어내리는 소리였다.

뛰어내리는 것이 아니라 그냥 떨어지는 것 같았다.

한빈은 고개를 흔들었다.

이런 빽빽한 공간에서는 탈출에 관련된 초식 중 최고라 할 수 있는 금선탈각도 무리였다.

어딘가 보이는 공간이 있어야 금선탈각을 펼쳐 빠져나갈 수가 있다.

하나 지금은 시야에 보이는 공간이 없었다.

그때였다.

고개를 돌린 한빈의 뒤통수 뒤로 희미한 콧김 소리가 들려왔다.

크릉.

한빈은 재빨리 고개를 돌렸다.

기사회생은 영물에게도 통했다.

쓰러졌던 독각서우의 우두머리가 정신을 차린 것이다.

한빈은 고개를 갸웃했다.

길흉(吉凶)조차 판단되지 않았다.

지금 상황은 한빈의 계획에 전혀 없던 것이었다.

팽혁빈과 현문 그리고 심미호는 어디론가 향하고 있었다.

비록 보름달이 산자락을 비추고 있다지만, 길이 대낮처럼 훤하지는 않았다.

트득. 툭.

나뭇가지가 그들의 얼굴을 긁고 지나갔지만, 누구 하나도 소리를 내지 않았다.

그만큼 다급하다는 말이었다.

이렇게 심각한 표정으로 이동하는 이유는 하나였다.

독각서우 무리가 이상한 행동을 보이고 있기 때문이었다.

적혈맹호대와 각주들을 뒤쫓던 독각서우가 모조리 한곳을 향하고 있었다.

그런데 하필 그곳은 한빈이 이동했던 방향이었다.

현문은 등에 업힌 소군을 바라봤다.

"느껴지는 것이 있더냐?"

"공자님이 위험한 것 같아요."

"흠."

현문이 헛숨을 들이켰다.

처음에는 소군의 말을 믿지 않았다. 어린아이의 장난이겠거니 했다.

그런데 소군의 표정이 심상치 않았다.

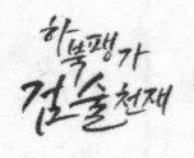

소군이 한빈이 위험하다고 한 후 살펴보니, 일부 독각서우의 무리가 어디론가 이동하고 있었다.

우연의 일치치고는 너무 묘했다.

그래서 현문은 봉우리 위에 우뚝 솟은 나무 위로 올라가서 전체적인 상황을 바라봤다.

자세히 살펴보니 이건 일부 독각서우만이 아니었다.

산 중턱에 퍼져 있던 독각서우의 무리가 미친 듯이 한곳을 향해서 달려가고 있었다.

어떤 놈들은 흥분해서 나무까지 짓밟고 달려갔다.

이전까지 머리를 쓰며 사람을 쫓던 형태와는 전혀 달랐다.

덕분에 지금 추룡산맥 전체가 쿵쾅거리며 흔들리고 있었다.

뒤를 쫓고 있는 현문의 가슴도 쿵쾅대기는 마찬가지였다.

만약 한빈에게 무슨 일이라도 생긴다면?

그의 사형인 태극검제를 구하는 일은 수포가 될 것이 불 보듯 훤했다.

물론 다른 이들도 마찬가지였다.

현문은 드디어 영물들이 떼 지어 있는 곳에 도착했다.

그곳에 도착한 현문이 눈을 크게 떴다.

"저, 저게 어떻게……."

"현문 어르신, 저곳에 제 아우가 있단 말씀입니까?"

팽혁빈은 자신도 모르게 독각서우의 무리를 가리켰다.

그들이 놀란 이유는 간단했다.

그 숫자가 많아도 너무 많았다.

모인 놈들은 어디론가 끊임없이 빨려 들어가고 있었다.

팽혁빈은 자신도 모르게 도갑을 움켜쥔 왼손에 힘을 주었다.

트드득.

도갑에 금이 갈 정도로 그는 긴장하고 있었다.

그 모습에 현문이 손을 내밀어 팽혁빈을 제지했다.

“일단 지켜보세.”

“지금이라도 뛰어 들어가야 하는 게 아닙니까?”

“팽 공자의 모습이 보이지 않지 않나? 그런데 어디로 뛰어든단 말인가?”

현문의 목소리는 제법 침착했다.

하지만 눈빛은 여전히 떨리고 있었다.

그의 사형인 태극검제뿐 아니라 무림을 구해야 할 인재가 바로 한빈이었다.

그런데 이대로라면 그 희망이 하루아침에 사라질 수도 있었다.

사실 현문의 마음도 팽혁빈과 그리 다르지 않았다.

그도 저곳을 비집고 들어가서 한빈을 찾고 싶었다.

물론 현문은 그것이 정답이 아니라는 것을 잘 알고 있었다.

독각서우의 모습이 누군가를 공격하려는 듯 보이지는 않았다.

도리어 무언가를 지키기 위해 다급하게 달려가는 모습이었다.

이럴 때 놈들을 자극해 봤자 어딘가에서 백년열화초를 채집하고 있을 한빈에게는 유리하지 않다는 것이 현문의 판단이었다.

이윽고 대부분의 독각서우가 사라졌다.

지상에는 몇 마리의 독각서우만이 남아 있을 뿐이었다.

그 중앙을 보니 커다란 구덩이가 있었다.

아마도 모든 독각서우가 저곳으로 빨려 들어간 것이 분명했다.

그렇다면 저곳에 한빈이?

현문은 눈을 가늘게 뜨고 그곳을 바라봤다.

순간 현문의 눈이 커졌다.

독각서우가 남아서 경계하는 것이 아니었다.

저기에 들어가고 싶어도 들어갈 공간이 없었다.

구덩이의 위쪽에는 나중에 밀려 들어간 무소의 꼬리가 살짝 보이고 있었다.

만약 한빈이 저 아래 있다면?

현문은 생각하기도 싫었다.

그때 참다못한 팽혁빈이 도갑에서 도를 꺼냈다.

그러고는 도갑을 아무렇지 않게 옆에 내팽개쳤다.
풀썩.
제법 큰 소리가 났지만, 남은 독각서우의 무리는 미동조차 안 했다.
놈들은 오로지 구덩이에 어떻게 들어갈 것이냐를 고민하는 것만 같았다.
현문도 이제는 팽혁빈을 말릴 수 없었다.
팽혁빈이 앞으로 나아가려 할 때였다.
소군이 나지막이 외쳤다.
"저, 죄송한데요!"
"……."
팽혁빈이 말없이 고개를 돌렸다.
그곳에서는 소군이 눈을 반짝이고 있었다.
마치 할 말이 있다는 듯한 소군의 표정에 팽혁빈은 감정을 가라앉히고 물었다.
"내게 할 말이라도 있는 것이냐?"
"공자님은 안전해요."
"그걸 네가 어떻게 아느냐?"
"여기까지 온 것도 저 때문이잖아요."
소군이 엄지를 들어 자신의 얼굴을 가리켰다.
그 모습에 팽혁빈이 헛웃음을 지었다.
이곳에 온 가장 큰 이유가 무엇이던가?

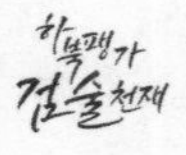

바로 소군의 말을 믿고 독각서우의 무리를 쫓아서 여기에 다다른 것이었다.

팽혁빈은 일단은 소군의 말을 믿어 보는 것이 좋다고 생각했다.

그때였다.

뒤쪽에서 거친 바람이 불어왔다.

사사-삭.

바람이 불어오는 곳을 바라보니 세 명의 각주가 다급하게 달려오고 있었다.

그들의 모습에 팽혁빈은 잠시 현재 상황을 잊었다.

세 명의 각주들의 걸음걸이가 익숙해서였다.

분명 팽가의 경공술은 아니었다.

"구걸십팔보……."

그들이 펼치고 있는 것은 구걸십팔보였다.

다소 방정맞기는 했지만, 개방의 최고 경공술이라는 구걸십팔보가 맞았다.

팽혁빈은 구덩이와 세 명의 각주들을 번갈아 보았다.

사실 팽혁빈은 한빈과 한 가지 내기를 했었다.

한빈은 세 명의 각주들에게 오늘 안에 구걸십팔보의 첫걸음을 걷게 만들겠다고 장담했다.

그게 과연 가능한 일일까?

팽혁빈은 그것이 불가능하다고 판단했다.

그도 그럴 것이, 무공이란 단계가 필요한 것이기 때문이다.

어떤 초식이든 차근차근 계단을 밟고 올라가야 그 근본에 다다를 수 있는 법이다.

그런데 한빈은 딱 잘라 오늘 안에 그들에게 구걸십팔보를 전하겠다고 했다.

그래서 시작하게 된 내기였다.

큰돈이 걸린 내기는 아니었다.

내기의 승자가 차려 주는 음식을 패자가 먹으면 되는 내기였다.

상대는 생각지도 못할 음식을 먹으라고 요구할 수도 있는 일이었다.

그때는 형제간에 할 수 있는 장난스러운 내기에 흐뭇한 미소를 지었었다.

물론 지금은 웃을 수 없었다.

거기에 더해 지금 보니 아우의 말이 맞았다.

조금 수법이 기괴하긴 했지만, 세 명의 각주는 구걸십팔보를 당당하게 펼치고 있었다.

웃지도 울지도 못하는 팽혁빈의 앞에 세 명의 각주가 도착했다.

"대공자님!"

현무각주 담천호가 포권하자 나머지 각주들도 동시에 깊

숙이 포권했다.

팽혁빈은 조용히 손짓했다.

"다들 일어나시지요."

"이곳에 오면서 들었습니다. 막내 공자님이 독각서우의 무리에 포위되었다고……."

"확실한 건 아닙니다."

"모두가 저희 때문입니다."

"그게 무슨 말입니까?"

"저희가 미흡한 탓에 막내 공자님이 무리하셔서 독각서우를 유인하신 것 같습니다. 저희를 구하시려고 했던 것이 분명합니다. 사실은……."

담천호가 담담하게 말을 이었다.

그의 설명은 간단했다.

그들은 한빈이 남긴 구결을 조합하며 달리다가 위험에 처했다고 한다.

위기에 순간 독각서우 무리가 뒷걸음치더니 어디론가 뛰어갔다고 했다.

이곳에 오는 도중에 설화를 만나 자초지종을 듣게 되었고 말이다.

"여러분들 때문은 아닙니다. 그러니 일단 지켜보는 게 좋을 것 같습니다."

"아닙니다. 모든 게 저희 때문입니다."

말을 마친 담천호는 그 자리에서 무릎을 꿇었다.

털썩.

같은 소리가 연달아 두 번이 더 들렸다.

악필승과 가기균이 무릎을 꿇은 것이다.

사죄의 의미인지?

아니면 존경의 의미인지는 중요하지 않았다.

갑자기 숙연해지는 분위기.

시간이 정지한 듯 그렇게 잠시 시간이 지났다.

산자락을 비추던 달빛은 사라진 지 오래였다.

이제 서서히 먼동이 트고 있었다.

멀리서 고개를 쳐드는 태양 아래로 여러 신형이 모습을 드러냈다.

가장 앞에 모습을 보인 것은 흩어졌던 적혈맹호대를 이끌고 나타난 설화였다.

현문 일행이 이곳으로 향하는 사이.

설화와 청화는 다친 적혈맹호대 대원들을 치료한 후 그들을 한곳에 모아 이곳으로 달려온 것이었다.

숙연한 분위기에 설화가 고개를 갸웃했다.

잠시 상황을 살피던 설화가 고개를 돌려 소군을 업고 있는 현문을 바라봤다.

"현문 할아버지, 왜 그러세요?"

"팽 공자가 걱정돼서 이러고들 있단다."

"저희 공자님 걱정하실 때가 아닌 것 같은데요!"

설화가 눈을 가늘게 뜨자 현문이 고개를 갸웃했다.

"그게 무슨 말이더냐? 설화야."

"저기 뒤쪽 보세요. 쟤들 움직임이 심상치 않은데요."

"움직임이라니……."

현문은 말을 맺지 못했다.

분위기가 조금 이상했다.

입구에 있던 독각서우 몇 마리가 재빨리 흩어졌다.

그 모습에 모두가 떠올린 것은 하나였다.

본래 짐승들은 자연재해를 미리 알아채는 법이었다.

미쳐 날뛰던 저놈들이 저리 두려워하는 것은 딱 한 가지밖에 없었다.

산사태!

순간 굉음이 울려 퍼졌다.

쿠우웅!

동시에 땅이 흔들리기 시작했다.

독각서우가 주춤거리며 구멍이 있는 곳에서 더욱 멀리 떨어졌다.

쿠우웅!

한 번의 굉음이 더 울려 퍼졌다.

그게 시작이었다.

지축이 울릴 정도의 굉음이 연신 이어졌다.
한빈이 괜찮을 거라고 한 소군마저도 얼굴이 파래져서는 어깨를 떨었다.
경천동지란 이런 것을 두고 하는 말 같았다.
이건 지진이 분명했다.
그러지 않고서야 이렇게 땅이 흔들릴 수는 없었다.
거대한 존재가 산맥을 쥐고 흔드는 느낌.
그때 팽혁빈이 외쳤다.
"일단 모두 낙석을 조심하고 몸을 숨긴다!"
그 말에 모두는 흩어졌다.
위에서 굴러떨어질 바위가 없는 곳을 골랐다.
몸을 숨긴 팽혁빈은 조심스럽게 앞을 살폈다.
계속 지축이 흔들리는 것이 당장이라도 바닥이 꺼질 것만 같았다.
그것은 착각이 아니었다.
이제까지와는 다른 소리가 귀청을 때렸다.
쿠르릉, 쾅!
동시에 팽혁빈의 시야를 흙먼지가 덮었다.
마치 산사태라도 난 것 같은 광경이 눈앞에 펼쳐졌다.
구멍을 중심으로 해서 폭삭 내려앉은 바닥.
주변을 어슬렁거리던 독각서우 몇 마리도 자취를 감춘 상태.

팽혁빈은 그곳으로 달려갔다.

내려앉은 바닥은 꽤 컸다.

마치 분화구를 보는 듯 그 중앙을 중심으로 반구형 모양을 하고 있었다.

문제는 저 안쪽으로는 어떤 공간도 존재하지 않을 것이라는 점이었다.

저곳으로 내려간 독각서우는 물론이요, 저 밑에 사람이 있다면 무사할 수가 없었다.

"아우야……!"

팽혁빈은 나지막이 외치며 천천히 움푹 파인 구덩이 속으로 몸을 던졌다.

그러고는 자신의 도를 그곳에 꽂아 넣었다.

그곳을 파헤치기 위해서 그가 할 수 있는 유일한 방법이었다.

그가 병기를 기구 삼아서 그렇게 바닥을 파헤치자, 다른 이들도 모두 아래로 내려왔다.

그들은 모두 한마음이 되어 바닥을 파헤치기 시작했다.

설화와 소군도 아래로 내려왔다.

그들이 모두 바닥을 파내고 있을 때였다.

어디선가 이상한 소리가 들려왔다.

쩌저적.

벽이 갈라지는 듯한 소리에 모두는 위쪽을 바라봤다.

구덩이에서 얼마 떨어지지 않은 절벽에서 바위들이 굴러 떨어지고 있었다.

다행히 구덩이 안까지는 굴러들어 오지 않았다.

그와 동시에 짐승의 발소리가 울려 퍼졌다.

타닥. 타닥.

군마가 줄을 지어 이동하는 듯한 소리에 그들은 눈을 크게 떴다.

모두가 고개를 갸웃하고 있을 때였다.

구덩이 위쪽에서 커다란 머리 하나가 불쑥 튀어나왔다.

그것은 독각서우였다.

팽혁빈은 모두에게 외쳤다.

"모두 준비하라!"

그의 말에 적혈맹호대를 비롯한 각주들이 도를 튕겨 흙을 털어 냈다.

그때 독각서우의 머리통이 한둘씩 불쑥불쑥 튀어나왔다.

한 마리가 아니었다.

놈들은 구덩이를 에워싸고 아래를 내려다보고 있었다.

마치 장난감을 내려다보는 듯한 모양새.

아무리 생각해도 무시당하고 있었다.

팽혁빈은 고개를 흔들었다.

상황이 좋지 않았다.

독각서우에게 포위당한 것이다.

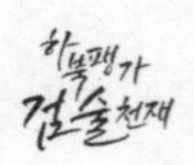

이해가 안 되는 것은 이 바닥에 묻혔던 독각서우가 왜 저 위에서 모습을 드러내냐 하는 점이었다.

그때 현문이 앞으로 한 발 나왔다.

"내가 길을 뚫을 테니 모두 내 뒤를 따르도록."

말을 마친 현문은 내공을 다리에 모았다.

팽혁빈은 현문의 몸에서 소용돌이치는 태극의 기운을 느낄 수 있었다.

아무래도 첫 번째 초식에 모든 힘을 모으려는 듯 보였다.

현문이 진득한 살기를 피워 내며 튀어 오르려 할 때였다.

위쪽에서 다급한 목소리가 들려왔다.

"현문 어르신, 잠시만요!"

현문과 팽혁빈 그리고 적혈맹호대 모두는 어이가 없다는 표정으로 한빈을 바라보고 있었다.

팽혁빈이 조심스럽게 물었다.

"아우야, 대체 어떻게 된 일이냐?"

"이놈들 때문에 바닥에 있는 동공에 갇혔습니다."

"지금 내가 묻는 것은 그 말이 아니지 않느냐?"

팽혁빈은 한빈의 뒤를 가리켰다.

그도 그럴 것이, 한빈의 뒤쪽에는 독각서우의 무리가 병사처럼 각을 잡고 꼿꼿하게 서 있었다.

마치 한빈을 보호하려는 듯 말이다.

팽혁빈이 질문을 던지자 다른 이들도 고개를 끄덕였다.

눈앞에 보이는 광경은 누구도 이해할 수 없었다.

서로에게 검을 겨눴던 적이 아군이 될 수 있다. 그것이 강호의 생리라는 것은 모두 알고 있었다.

그런데 지금은 사람과 영물 사이에서 일어난 일이었다.

그 영물이라는 게 성질이 가장 더럽다는 독각서우라는 것도 놀라운 일이었다.

거기서 한발 더 나아가 한 마리가 아니라 무리 자체가 한빈을 따르고 있었다.

모두의 따가운 시선에 한빈이 말을 이었다.

"어찌 된 일인지 설명해 드리자면……."

한빈은 제법 긴 설명을 늘어놓았다.

동공 안에는 두 마리의 독각서우가 있었다고 했다.

두 마리의 독각서우는 이 무리를 이끄는 우두머리였다.

두 마리는 각각 하나는 암놈이요, 하나는 수놈이었다고 한다.

이 무리는 특이한 것이 암놈과 수놈이 공동으로 무리를 이끈다는 점이었다.

먼저 빠진 것은 바로 수놈.

그놈을 살리기 위해 후에 들어온 것이 바로 암놈이라고

한다.

그 뒤 다른 독각서우들이 두 우두머리를 살리기 위해 백년 열화초를 구멍 속에 밀어 넣기 시작한 것이다.

덕분에 힘은 찾았지만, 깊이가 꽤 깊은 관계로 놈들이 빠져나오지 못했다.

그런데 그때 한빈이 들어간 것이다.

한빈이 그중 한 마리와 싸웠고, 놈이 쓰러지자 다른 독각서우들이 우두머리를 보호하기 위해서 이 구덩이로 돌진한 것이라고 했다.

아무리 깊고 넓었던 공간도 덩치 큰 무소들이 한꺼번에 몰려들자 꽉 차 버렸고, 급기야는 움직일 틈도 없이 서로 끼어서 죽을 처지에 놓였다고 한다.

그때 공간을 만들어 탈출하게 해 준 것이 바로 한빈이고 말이다.

여기까지가 한빈의 설명이었다.

"그게 전부더냐? 그렇다면 그 우두머리라는 것이……."

"저 뒤쪽에 있는 놈입니다."

한빈은 뒤쪽을 가리켰다.

그곳에는 다른 독각서우보다 몇 배는 큰 놈이 늠름하게 서 있었다.

그리고 그 옆에는 몸의 곳곳에 풀이 돋아난 기괴한 모양의 독각서우가 있었다.

한빈은 그놈을 보며 피식 웃었다.

한빈이 백년열화초를 채집한 바위가 바로 놈이었다.

독각서우의 가죽은 바위 표면과 구별이 잘 안 간다는 점도 착각에 한몫했다.

한빈은 과연 주저앉은 구덩이에서 어떻게 빠져나올 수 있었을까?

모든 것은 진룡파혼검 덕분이었다.

진룡파혼검을 쓰려면 일정 공간이 필요했다.

한빈은 할 수 없이 첫수는 진룡파혼장의 수법으로 공간을 만들어 냈다.

일단 움직일 공간이 생기자 한빈은 진룡파혼검으로 통로를 만들었다.

그 결과 이곳이 무너지기 전에 움직일 공간을 만들어 낼 수 있었다.

조금 돌아오긴 했지만, 절벽 쪽에 통로를 만들어 독각서우의 무리를 끌고 나온 것이다.

한빈은 모든 설명을 다 끝냈다는 듯 활짝 웃었다.

"목이 컬컬합니다. 혹시 남은 술이라도 있으면 한 병 주시죠, 형님."

"여기 있다."

팽혁빈은 아무렇지 않게 술병을 건네다가 눈을 가늘게 떴다.

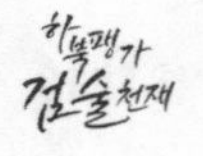

한빈의 설명 중에 이해가 안 되는 점이 있었기 때문이다.

한빈이 술을 한 모금 넘기자 팽혁빈이 재빨리 물었다.

“내가 이해가 안 되는 것이 하나 있다만은…….”

“그게 무엇입니까? 형님.”

“너는 저 영물들의 사정을 어떻게 그리 잘 아는 것이냐?”

팽혁빈이 의심 가득한 눈으로 한빈을 바라봤다.

한빈의 이야기를 들어 보면 마치 저 영물들과 소통한 것 같은 착각이 들었다.

영물들과 소통하지 않고서는 독각서우가 처했던 지난 이야기들을 소상히 알 수는 없는 법이었다.

팽혁빈의 눈빛이 더욱 깊어졌다.

아우를 바라보는 팽혁빈의 눈빛이 점점 더 강렬해졌다.

부담스러운 그의 시선에 한빈은 아무렇지 않게 말했다.

“모든 게 제 추측이죠. 제가 어떻게 영물의 말을 알겠습니까? 형님.”

“하도 네 주변에서 귀신 같은 일이 벌어지는 것 같으니 물어봤다. 내가 말도 안 되는 상상을 한 것 같구나.”

팽혁빈이 어색하게 웃었다.

그 어색한 웃음에 다른 이들도 고개를 끄덕였다.

다른 이들도 팽혁빈과 마찬가지의 상상을 하고 있었던 것.

모두는 한빈이 영물들과 소통하는 것은 아닌지 하고 추측하고 있었다.

불가능한 일은 아닌 것이 남만야수궁의 몇몇 고수는 영물과 소통한다고도 한다.

하지만 중원에서는 그 어떤 문파 혹은 가문에서도 이런 인재를 배출해 낸 적이 없었다.

만약 중원에서 영물과 소통할 수 있는 자가 있다면 그것은 신선이라 불러야 했다.

팽혁빈은 바로 고개를 흔들었다.

갓 스물이 넘은 한빈이 어떻게 도인의 깨달음에 다다른다는 말인가?

문제는 지금의 광경이 이해되지 않는다는 점이다.

팽혁빈이 다시 한번 물었다.

"흠, 그러면 대체 저 영물들은 왜 저러고 있는 것이냐?"

"저도 그게 이해가 안 되어서 추측해 본 겁니다. 저 영물들을 보십시오. 제 말이 옳다고 고개를 끄덕이고 있지 않습니까? 역시 영물은 영물입니다."

말을 마친 한빈은 힐끔 눈을 돌려 독각서우 무리를 바라봤다.

팽혁빈의 고개도 한빈의 시선을 따라 움직였다.

순간 그는 헛웃음을 터뜨렸다.

"허허."

설명치고는 다소 부족한 감이 있었지만, 한빈의 말대로 두 마리의 우두머리가 고개를 끄덕이고 있었다.

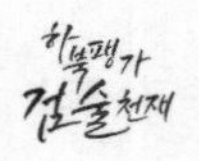

그 모습은 마치 순한 양과도 같았다.

웃음이 안 나올 수가 없는 광경이었다.

호탕하게 웃는 팽혁빈을 본 한빈이 미소 지었다.

자신의 말 중에 반 정도는 진실이었다.

독각서우가 사람의 말을 알아듣는 것은 맞았지만, 그렇다고 한빈이 놈들의 사정까지 정확히 추측할 수는 없는 법이었다.

한빈이 놈들과 합심해서 이곳을 빠져나올 수 있었던 것은 새로 얻은 천급 구결의 힘이 컸다.

한빈은 조용히 용린검법이 떠 있는 허공을 바라봤다.

[천급 초식 – 감언이설(甘言利說)]

[감언이설은 강호 최고의 언변술(言辯術)입니다. 다만, 적의가 없는 상대에게만 가능합니다. 감언이설에 성공하면 상대의 마음을 꿰뚫어 볼 수 있습니다. 감언이설은 지(智)의 구결 백 개를 사용합니다.]

한빈은 죽어 가는 우두머리 독각서우를 살린 뒤 천급 초식 하나를 완성했다.

'감언이설'은 한빈과 독각서우 무리가 공존할 수 있게 만들어 준 초식이었다.

글자 그대로 해석한다면 달콤한 말과 이로운 조건으로 상대를 현혹하는 것을 말한다.

문제는 조건이었다.

상대가 적의가 없어야지 가능한 초식.

거기에 동물에게까지 통할지는 미지수였다.

한빈이 감언이설을 펼치는 순간, 앞선 두 가지 문제가 모두 해결되었음을 알게 되었다.

다행인 점은 우두머리 독각서우가 한빈에게 적의를 보이지 않았다는 점이다.

덕분에 한빈은 감언이설로 우두머리 독각서우를 통제할 수 있었다.

이후 우두머리 독각서우가 한빈의 수하처럼 행동하자 나머지 무리도 편안히 통제할 수 있었다.

군기가 바싹 든 병사처럼 저렇게 각을 잡고 호위하고 있는 모습은 한빈도 이해가 되지 않았다.

거기에 더해 갓 태어난 강아지처럼 혓바닥을 내밀고 있었다.

간밤에 적혈맹호대와 세 명의 각주를 쫓아다녔던 흉포한 짐승이라는 생각은 조금도 들지 않았다.

그때였다.

독각서우 무리에서 거대한 수놈이 한빈의 앞으로 다가왔다.

타닥. 타닥.

굵직한 발소리가 산중에 울렸다.

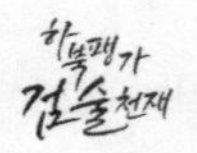

한빈의 앞에 선 수놈 우두머리가 낮게 울었다.

크렁.

한빈이 바위로 착각했던 거대한 수놈이었다.

놈의 가죽 위에는 백년열화초가 아직 남아 있었다.

기괴하게 생긴 수놈을 본 적혈맹호대 대원들과 세 명의 각주들은 본능적으로 뒤로 물러났다.

하지만 한빈은 수놈을 보며 그윽한 미소를 짓고는, 오히려 놈의 머리를 쓰다듬어 주었다.

한빈이 머리를 쓰다듬자 놈은 강아지처럼 꼬리를 흔들었다.

도저히 이해할 수 없는 상황에 주변 사람들은 고개를 돌렸다.

이런 광경을 믿을 강호인은 아무도 없을 터였다.

그들도 직접 봤으니 이해가 되는 것이지, 이것은 애초에 불가능한 일이었다.

가죽에 백년열화초를 주렁주렁 매단 수놈이 한빈에게 이렇게 살갑게 구는 이유는 기사회생 중 반을 놈에게 썼기 때문이었다.

어찌 보면 한빈은 놈들에게 은인이었다.

놈들은 영물답게 그 은혜를 알고 있었다.

한빈은 조용히 설화를 바라봤다.

눈빛을 확인한 설화가 본능적으로 달려왔다.

사사-삭.

한빈의 앞으로 다가온 설화가 보따리를 펼친다.

"일단 여기 깔게요."

보따리를 펼친 설화가 천천히 물건을 정리했다.

지필묵이 들어 있는 바로 그 보따리였다.

설화의 빠른 손놀림에 먹과 벼루 그리고 종이가 가지런히 바닥에 깔렸다.

그 모습을 보며 상상할 수 있는 것은 딱 한 가지였다.

적혈맹호대 대원들이 웅성거리기 시작했다.

그중 나이가 많은 장삼은 약간 목소리를 높였다.

"저, 저게 무슨 일이냐? 조호야."

"그러게 말이에요, 장삼 아저씨. 설마 독각서우와 계약하려고 하는 건 아니시겠죠?"

조호도 고개를 휘휘 저었다.

심미호도 옆에서 보더니, 조심스럽게 한빈을 가리켰다.

"그게 아닌데 왜 주군께서 보따리를 펼쳐?"

"아무리 그래도 저 영물하고 어떻게……."

조호가 아니라는 듯 계속 고개를 젓자 심미호가 의미심장한 웃음을 지었다.

"조호, 너는 주군을 너무 우습게 보네. 우리 주군은 영물과 계약서를 쓰고 남을 분이야. 아니, 영물이어도 상대가 빚을 졌다면 죽어도 주군과 계약을 해야 할걸."

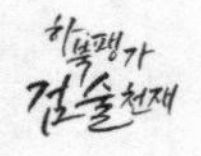

"헉, 설마 그렇게까지……. 그런데 부대주님 말이 맞을 것 같은 이 불길한 느낌은 뭐죠?"

조호가 눈을 가늘게 뜨고 한빈을 바라봤다.

다른 이들도 한빈의 동작 하나하나에 집중하기 시작했다.

뜨거운 시선에 한빈이 어이가 없다는 듯 웃었다.

"설화야, 너도 그렇게 생각하느냐?"

"그럴 것 같아요."

"정확히 봤다."

"네?"

"빚은 어떻게든 받아 내야지. 그리고 말보다는 계약서를 쓰는 게 좋지."

"그럼 진짜 독각서우와 계약을……."

"설화야, 그건 잘못 짚었다?"

"그게 무슨 말씀이에요? 분명히 눈빛이 계약서를 원하고 있으셨잖아요."

"내가 베푼 은혜를 어떻게 갚게 할까를 고민했을 뿐이다. 놈들에게 계약서를 받는다고 해도 무슨 소용이 있을까?"

"그럼 계약서는 안 쓰는 거예요?"

"이놈들이 글을 알아야 쓰지. 그것 말고 다른 방법을 찾아봐야 하지 않을까? 좋은 생각이 있으면 말해 봐도 좋다."

"저는 계약서 말고 생각나는 게 없어요. 저도 공자님하고 끈끈한 계약서로 맺어진 사이잖아요."

"하하, 끈끈하긴 하지."

한빈이 웃자 설화가 멋쩍게 웃었다.

"헤헤. 생각해 보니 저 영물들과 계약서를 쓴다는 건 불가능할 것 같네요. 그럼 지필묵은 다시 챙길게요."

"잠시만!"

한빈이 손을 들자 설화가 다시 물었다.

"……진짜로 계약서를 쓰시려고요? 공자님."

"계약서는 모르겠고……. 일단 붓은 필요할 것 같구나."

말을 마친 한빈은 피식 웃으며 붓을 들었다.

그러고는 조용히 백년열화초를 달고 다니는 수놈의 옆으로 자리를 옮겼다.

그 모습에 설화는 경악했다.

설화는 한빈이 진짜로 계약서를 쓸 줄은 몰랐다.

그저 눈빛이 계약을 원하는 것 같았기에 반사적으로 보따리를 앞에 풀어놓았다.

그런데 한빈이 붓을 들고 독각서우의 앞에 선 것이다.

더 황당한 것은 독각서우가 등을 들이민다는 것이었다.

마치 그곳에 계약 내용을 적으라는 듯 말이다.

조용히 광경을 바라보던 팽혁빈이 얼마나 놀랐는지 득달같이 설화가 있는 쪽으로 달려왔다.

그는 더는 앞으로 가지 않고 설화의 옆에 서서 낮은 목소리로 물었다.

"설화야, 내 아우가 지금 무엇을 하는 것으로 보이냐?"
"계약하려고 하는 것 같은데요."
"너는 그게 가능하다고 보느냐?"
"에이, 그걸 제가 어떻게 알아요. 우리 공자님은 대공자님의 아우잖아요. 그런데 그걸 왜 저한테 물어보세요."
"흠."
팽혁빈은 한 방 맞았다는 듯 조용히 하늘을 올려다봤다.
고개를 든 팽혁빈이 따가운 햇빛에 손을 들었다.
그러고는 주변을 바라봤다.
모두가 입을 딱 벌리고 있었다.
팽혁빈만이 놀란 게 아니었다.
태양은 적당히 떠올라 산자락의 곳곳을 비추고 있었다.
환한 곳에서 바라보는 한빈의 행동은 더욱 미친 것 같았다.
그런데 팽혁빈은 말릴 수가 없었다.
아우가 뭔가 중요한 일을 하는 것처럼 보였기 때문이다.
붓을 들고 상당히 고민하는 듯 보였다.
어디에 써야 할까를 고민하는 것일까?
아니면 어떤 문장을 써야 하는지를 고민하는 것일까?
그때 옆에서 웃음소리가 들려왔다.
웃음의 주인은 현문이었다.
"허허."

"어르신, 왜 그렇게 웃으십니까?"

"자네 표정이 웃겨서 그러네. 세상의 모든 짐은 혼자 짊어지고 있는 것 같지 않은가?"

"고민입니다. 일단은 이곳을 벗어나야 할 것 같은데 아우가 저러고 있으니……."

팽혁빈은 한빈을 걱정했다.

말도 안 되는 광경 때문에 잠시 넋을 잃고 있긴 했지만, 놈들은 흉포하기 그지없다는 독각서우의 무리가 맞았다.

옆에서 붓을 들고 있다가는 언제 다쳐도 이상하지 않았다.

그때였다.

한빈이 붓을 놀리기 시작했다.

획. 획.

한빈의 붓은 검보다도 빨랐다.

붓을 들고 독각서우의 등에 획을 긋고 점을 찍었다.

말도 안 되는 모습에 설화마저 입을 탁 벌렸다.

"고, 공자님이 이상해요."

"언니가 좀 말려 보세요."

청화도 거들었다.

하지만 둘 다 움직일 수 없었다.

붓으로 독각서우의 등에 글자를 쓰는 모습이 너무 진지해 보였기 때문이다.

대체 저 기괴한 행동은 무엇이란 말인가?

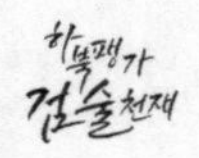

그들의 시선에 아랑곳하지 않고 한빈은 독각서우의 등판에 집중했다.

한빈이 기괴한 행동을 보이는 것에는 이유가 있었다.

독각서우의 등에 구결을 나타내는 점이 보였기 때문이다.

그것도 천급 구결을 나타내는 황금빛 흔적이었다.

마치 놈은 한빈이 구결을 찾고 있다는 것을 아는 것만 같았다.

자신을 구해 줬으니 구결을 취하라는 듯 등을 내밀고 있었다.

아직 감언이설의 효과가 남아 있는지, 한빈은 놈의 마음을 알 수 있었다.

이미 우두머리 암놈에게서 천급 초식인 '감언이설'을 얻었다. 그런데 우두머리의 짝까지 이렇게 등을 내미는 모습에 한빈은 놀랄 수밖에 없었다.

한마디로 놈들은 아낌없이 구결을 주는 영물이었다.

구결을 받으라고 등을 내미는데 고민할 필요는 없었다.

사정이야 어찌 되었든 고맙다고 하면서 받으면 되는 일이었다.

문제는 구결이 잠시도 한자리에 머물러 있지 못한다는 점이었다.

구결을 취하라고 등을 내밀어 줬지만, 등판에서 빠르게 회전하듯 움직이는 흔적 때문에 한빈은 난처해하고 있었다.

구결을 취하면서 놈에게 상처를 입히지 않기 위해 검 대신 잡았던 것이 바로 붓.

회전하는 흔적을 따라 긋고 찍고를 반복하다 보니 다른 이들의 눈에는 계약서를 쓰는 것처럼 보일 수밖에 없었다.

한빈이 붓을 멈추고는 눈을 가늘게 떴다.

동작을 멈춘 한빈의 모습은 마치 검객이 기수식을 취하는 것처럼 보이기도 했다.

그의 모습에 팽혁빈은 살짝 고개를 기울였다.

이 상황을 두고 봐야 할지가 판단이 되지 않았다.

붓을 잡고 기수식을 취하는 한빈도 이해가 안 되었지만, 강아지처럼 등을 맡기는 독각서우의 모습도 이상했다.

상황에 비해 분위기가 너무 평화로웠다.

이 모든 것이 마치 폭풍 전야처럼 느껴졌다.

저 독각서우가 갑자기 떼로 공격해 온다면?

한빈뿐 아니라 여기 있는 모두가 위험할 것이 분명했다.

그것은 팽혁빈만 느끼는 것이 아니었다.

모두가 판단을 재촉하듯 팽혁빈을 바라보고 있었다.

한빈의 측근이라고 할 수 있는 심미호도 불안한 듯 시선을 보내고 있었다.

그 시선에는 어떻게 좀 해 보라는 의미가 담겨 있는 것 같았다.

고려해야 할 최선이 한빈의 안전이라는 것을 팽혁빈은 알고 있었다.

하지만 지금 한빈의 표정은 기연을 앞둔 무인 같았다.

여유롭게 보이지만, 갈증을 느끼는 듯 입술을 달싹이고 있었다.

그때였다.

소군이 팽혁빈의 소매를 잡아끌었다.

바람에 흔들리는 갈대처럼 고개를 부드럽게 내젓는 소군의 모습에, 팽혁빈이 알았다는 듯 미소 지었다.

대화는 오가지 않았지만, 소군의 뜻은 충분히 전달되었다.

소군의 눈빛은 깨달음의 전조라는 것이었다.

영물의 등에서 얻을 수 있는 것에는 과연 무엇이 있을까?

팽혁빈은 고개를 흔들었다.

아우의 기행을 이해한다는 것은 불가능했다.

그는 재빨리 손을 뻗었다.

"모두 넓게 간격을 벌려라. 내 아우뿐 아니라 독각서우도 보호해야 한다."

"존명."

심미호가 포권하며 다른 적혈맹호대 대원들에게 지시를 내렸다.

그들은 넓게 진영을 갖추고 한빈뿐 아니라 독각서우 무리를 보호했다.

사실 심미호는 지금 누가 누굴 보호해야 하는지 이해가 되지 않았다.

숫자로만 봐도 독각서우 무리가 더 많았다.

주군인 한빈뿐 아니라 독각서우까지 보호하다니?

의문도 잠시, 그녀와 적혈맹호대는 눈을 빛내며 주위를 경계하기 시작했다.

주변의 변화와는 관계없이 한빈의 표정은 그 어느 때보다 진지했다.

한빈이 이렇게 긴장한 이유는 간단했다.

지금 보이는 구결이 언제까지 유지될 수 없다는 것을 알고 있기 때문이었다.

독각서우가 구결을 유지할 수 있는 시간은 잘해야 앞으로 반 시진.

그 이후에는 신기루처럼 사라질 것이 확실했다.

문제는 시간 안에 구결을 획득하는 것은 불가능할 듯 보인다는 점이다.

자신이 구결을 획득하지 못하는 이유는 과연 무엇일까?

등을 내민 독각서우를 보면 구결을 한빈에게 주려고 힘내고 있었다.

다른 이들은 듣지 못하지만, 끙끙대는 소리가 미세하게 새어 나오고 있었다.

그에 반해 구결을 나타내는 흔적은 끊임없이 움직이고 있었다.

마치 올챙이가 커다란 우물 속에서 빠른 속도로 헤엄치는 듯한 착각이 들 정도로 혼란스럽게 움직이고 있었다.

문제는 그 속도였다.

화경의 고수와 버금가는 한빈의 눈에도 보이지 않을 정도.

과연 어떻게 된 것일까?

일단은 흔적의 움직임을 파악하는 것이 먼저였다.

지금 살짝 아쉬운 것은 '지(智)'의 구결을 모두 소모했다는 점이었다.

지의 구결만 온전히 남아 있었다면 지금의 상태를 추론하는 것은 그리 어렵지 않았을지도 모른다.

하지만 지금은 감언이설을 사용하기 위해서 지의 구결 백 개를 모두 소모한 상황이었다.

지의 구결 없이 이제까지의 경험만으로 현상을 파악해야 했다.

지금 구결을 나타내는 흔적의 움직임은 마치 살아 있는 것처럼 보였다.

한빈이 눈을 가늘게 떴다.

흔적이 움직이는 경로가 마치 고수가 경공술을 펼치는 듯 보였기 때문이다.

한빈은 자신도 모르게 입을 벌렸다.

자신의 눈과 손으로도 따라가지 못하는 경공술이라면?

구걸십팔보에 비견될 경공술이 분명했다.

경공술이라고 생각하니, 흔적이 휘도는 움직임이 마치 고수가 펼치는 보법처럼 눈에 들어왔다.

두서없이 날뛰는 것 같지만, 분명히 규칙이 있었다.

한빈은 흔적의 움직임에 집중하며 잠시 무아지경에 빠져들었다.

그리 오랜 시간이 흐른 것은 아니었다.

모두의 호기심이 하늘을 찌르고 있을 때, 한빈이 눈을 떴다.

한빈의 눈빛은 바람 한 점 없는 호수 같았다.

천천히 고개를 돌린 한빈이 설화를 바라보며 외쳤다.

"설화야, 붓 하나만 던져라!"

"여기 있어요, 공자님."

설화가 붓 하나를 던졌다.

휙.

한빈은 날아오는 붓을 잡아 들었다.

양손에 붓을 든 한빈은 재빨리 용린검법 중 부창부수의 초식을 펼쳤다.

'부창부수!'

'전광석화!'

'유유상종!'

부창부수는 쌍수를 자유로이 쓸 수 있는 초식.

용린검법의 흔적이 남은 초식을 마치 하나의 손으로 펼치는 것처럼 쓸 수 있었다.

거기에 전광석화를 더했다.

마지막으로 상대의 초식을 그대로 따라 할 수 있는 천급 초식인 유유상종을 펼쳤다.

유유상종을 쓴다면 흔적의 기묘한 경로를 따라갈 수 있을 터였다.

지금 펼치면 보름간은 쓰지 못하겠지만, 구결을 획득할 방법은 이것이 유일했다.

한빈의 붓이 독각서우의 등을 누볐다.

방법은 간단했다.

기묘한 경로는 같은 방법으로 앞을 막아선다.

획!

한빈의 붓이 흔적의 경로를 막았다.

그러고는 다른 손이 움직이는 흔적을 찍었다.

획!

순간 허공에 떠 있는 용린검법이 반짝였다.

[용안으로 구결을 확인합니다.]

[천급 구결 비(非)를 획득하셨습니다.]

드디어 결실을 보았다.

한빈의 붓이 움직이려는 찰나, 다시 경로에 변화가 생겼다.

물론 그 경로에 따라 한빈의 붓이 바뀐 것은 어찌 보면 당연했다.

지금 한빈의 붓은 유유상종의 효능을 담고 있으니까!

[용안으로 구결을 확인합니다.]

[천급 구결 만(晩)을 획득하셨습니다.]

점점 빨라지는 구결의 흔적.

그에 따라 빨라지는 한빈의 붓.

마치 도망가는 이와 그를 쫓는 이의 무한한 추격전을 보는 듯했다.

물론 이것은 한빈의 생각이고.

다른 이들의 느낌은 달랐다.

한빈의 붓놀림을 다른 이들은 따라가지 못했다.

그들이 눈으로 확인할 수 있는 한빈의 수법은 지금 펼치는 초식의 삼분지 일에 불과했다.

대부분의 사람은 중간에 숨어 있는 오묘한 움직임을 확인할 수 없었다.

그들은 한빈이 독각서우의 등에 계약서를 새겨 넣는 것이라고 생각했다.

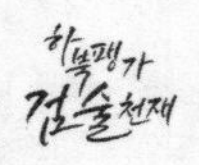

물론 이 과정이 의미 있다고 생각한 이는 없었다.
사삭. 사삭.
붓끝이 단단한 가죽을 누비는 소리에 적혈맹호대의 대원들이 혀를 찼다.
조호는 조심스럽게 장삼을 바라봤다.
"장삼 아저씨, 주군은 정말로 계약서를 쓰시고 있는 것 같아요."
"내가 봐도 그렇구나."
장삼도 고개를 끄덕였다.
그 옆에 있던 설화는 남은 붓을 들더니 열심히 뭔가를 적고 있었다.
그 모습에 조호가 물었다.
"설화야, 뭘 그렇게 적고 있어?"
"이게 다 교훈이잖아요, 조호 오라버니."
"무슨 교훈?"
"계약서는 사람한테만 받는 게 아니라는 거요."
"헉."
"저도 공자님처럼 나중에 영물을 만나면 계약서를 받아 낼 거예요."
"너는 영물과 계약한다는 게 가능할 거라고 생각하는 거야? 그리고 설사 계약서를 쓴다고 해도 그게 무슨 의미가 있다고……."

"우리 공자님이 하고 계시잖아요. 공자님의 행동에 의미가 없다고 생각하시는 건 아니죠?"

"다, 당연히 의미가 있으시겠지. 주군이 누구신데."

"헤헤, 당연하죠."

설화가 해맑게 웃으며 붓을 놓았다.

팽혁빈의 눈에도 한빈의 행동은 이상했다.

한빈이 초식을 펼치리라고 생각했지만, 지금은 무작위로 붓을 놀리고 있었다.

동작만 보면 정말 계약서를 쓰는 모습이었다.

모두가 한빈의 행동을 보며 고개를 갸웃하고 있을 때였다.

오직 현문만이 한빈의 붓끝이 어떻게 움직이는지를 알고 있었다.

현문은 자신도 모르게 탄성을 질렀다.

"허허!"

그 목소리에 옆에 있던 팽혁빈이 반응했다.

"왜 그러십니까? 어르신."

"검로가 묘해서 그러네."

"그게 무슨 말씀입니까? 제 눈에는 그냥 붓으로 계약서를 쓰는 듯 보입니다."

"아닐세. 자네도 저 검로를 보지 못했군."

"검로라니, 그게 무슨 말씀입니까?"

"저것은 붓으로 글자를 쓰는 것이 아니라 붓으로 검을 대신한 것일세. 아마도 독각서우의 가죽 위에 뭔가가 새겨져 있을 수도 있겠지."

"그게 무슨 말입니까?"

"팽 공자만이 볼 수 있는 검로일 수도 있겠지……."

"검로라니, 저는 이해가 안 가는군요. 그런데 무슨 검로이기에 그렇게 놀라시는 겁니까?"

"저 검로가 마치 태극혜검의 경로와 흡사해서 그런다네."

"태, 태극혜검과 같다니요?"

"똑같다는 것이 아니라 비슷하다는 것일세!"

"그러니까 말입니다. 제 아우가 어떻게 무당의 최고 검법을 익힐 수 있다는 말씀입니까?"

"재미있는 것은 비슷하다는 것일세. 어찌 보면 건공구공으로 수련하는 것 같기도 하고, 다시 보면 육합검(六合劍)과 비슷한 것 같고……."

"그게 어찌 가능합니까? 지금 말씀하신 태극혜검은 상승무공이 아닙니까? 그리고 건공구공과 육합검은 무당의 기본무공이 아닙니까?"

팽혁빈은 고개를 갸웃했다.

그의 말은 사실이었다.

한 문파의 무공이었다. 근본은 같다고 하나, 상승 무공과 기본 무공의 검로가 비슷할 수는 없었다.

육합검이 하나의 획을 긋는 것에 불과하다면, 태극혜검은 몇 백 개의 문장을 써 내려가는 것과 같다.

그 수준이 같을 수가 없었다.

중요한 것은 팽혁빈이 보기에는 한빈이 붓을 놀리는 모습이 그다지 대단해 보이지 않았다는 점이었다.

팽혁빈의 표정을 본 현문이 말을 이었다.

"그러니 이상하다는 것이지. 혹시 자네 동생은……."

"말씀하시지요, 어르신."

"우리 무당의 시조가 현신하신 건 아닐까……. 하네만은?"

"시조님이라고 하시면?"

"장삼봉 조사님 말씀일세."

"헉."

"그냥 하는 말이니 신경 쓰지 말게. 하하."

현문은 짓궂게 웃으며 손을 휘휘 저었다.

그 웃음에 팽혁빈이 허탈하게 웃었다.

"진지한 표정으로 농을 던지시니 저도 속았습니다."

"다들 너무 진지해서 하는 말일세. 어찌 보면 저것도 팽 공자의 비밀 수련일지도 모르는 게 아닌가? 그냥 지켜보세나."

"네, 알겠습니다."

팽혁빈이 고개를 끄덕이자 현문도 다시 한빈의 붓끝에 시선을 집중했다.

현문은 태양보다 강렬한 안광을 쏟아 냈다.

그도 그럴 것이, 그가 팽혁빈에게 한 말은 농담이 아니었다.

그것은 그의 진심이었다.

한빈의 붓끝에서 태극의 기운을 느낀 것도 사실이었다.

무당파의 향기를 맡은 것도 사실이었다.

같다고는 할 수 없지만, 어렴풋한 흔적을 느낄 수 있었다.

고작 저 나이에 그런 성취를 보인다니!

거기에 무당을 위해서 목숨을 걸다니!

다른 이들도 사정을 알게 되면 무당의 시조인 장삼봉이 현신했다고 말할 것이 분명했다.

한참을 바라보던 현문이 숨소리를 죽였다.

한빈의 붓끝을 보고 있자니 잡힐 듯하면서도 안 잡히는 무학의 끝자락을 잡을 수 있을 것 같았기 때문이다.

그때였다.

한빈의 붓이 멈췄다.

순간 현문은 마른침을 삼키며 한빈의 붓끝에 집중했다.

최후의 초식 하나를 보여 주기라고 할 듯했다.

눈도 깜빡이지 않고 한빈을 바라보던 현문은 헛숨을 토해냈다.

"허."

갈림길

"허."

현문이 헛숨을 토해 낸 이유는 간단했다.

한빈의 동작에서 마지막 한 수 따위는 없었다.

한빈은 자기 할 일은 모두 끝났다는 듯 아무렇지 않게 붓끝을 거뒀다.

현문은 아직 포기하지 않았다는 듯 한빈을 바라봤다.

깨달음의 끝자락을 얼핏 본 것 같았던 현문이었다.

그런데 한빈의 동작은 중요한 것이 빠진 것만 같았다.

중요한 것은 모두 철저히 숨기고, 빈껍데기만 보여 준 것 같은 느낌이었다.

과연 어찌 된 일일까?

한빈이 고의로 동작을 숨긴 것일까?

마지막 한 수를 볼 수만 있다면…….

그가 숨도 쉬지 않고 한빈을 바라볼 때였다.

한빈이 고개를 돌리더니 현문을 바라봤다.

그러더니 고개를 갸웃하며 미소를 띠었다.

왜 그렇게 쳐다보느냐는 듯한 표정이었다.

현문은 할 말을 잃고 입을 딱 벌렸다.

한빈의 얼굴을 보고 떠오른 것은 계약서였다.

만약에 자신이 한빈의 동작을 보고 깨달음의 끝자락을 봤다는 걸 안다면?

분명 한빈은 공짜는 없다면서 계약서를 들이밀 것이 분명했다.

위험이 닥치면 대의를 위해 목숨을 걸지만, 평상시에는 공과 사를 철저히 한다는 것이 현문의 머릿속에 있는 한빈이었다.

현문은 자신도 모르게 재빨리 고개를 돌렸다.

마치 표정을 바꾸는 것보다 숨기는 게 더 편하다는 듯 말이다.

물론 한빈을 이상한 표정으로 바라보는 것은 현문만은 아니었다.

한빈을 바라보는 모든 이의 눈빛이 이상했다.

적혈맹호대 대원들은 영물에게도 계약서를 쓰게 하려는

한빈의 집요함에 탄성을 내지르고 있었다.

설화와 청화 그리고 소군은 이게 모두 한빈의 가르침이라고 생각하며 고개를 끄덕이고 있었다.

각양각색의 시선에도 한빈은 터덜터덜 자리로 돌아왔다.

그러고는 두 자루의 붓을 설화에게 건넸다.

설화는 태연하게 보따리에 두 자루의 붓을 다시 넣었다.

마치 아무 일도 없었다는 듯 말이다.

그때였다.

독각서우의 무리가 움직이기 시작했다.

마치 황제를 본 신하처럼 놈들은 뒷걸음쳤다.

타닥. 타닥.

한꺼번에 여러 마리의 독각서우가 움직이자 산중이 흔들릴 정도였다.

주변을 경계하고 있던 적혈맹호대 대원들도 잔뜩 긴장한 채 상황을 주시했다.

더 이상한 것은 독각서우의 무리가 천천히 뒷걸음치며 자리를 떠났다는 점이었다.

마치 충실한 신하가 예의를 다하기 위해 물러서는 모습과도 비슷했다.

독각서우의 무리가 떠나자 공터에 적막감이 감돌았다.

모두는 멀어져 가는 독각서우의 무리를 바라보며 할 말을 잃은 듯 입만 벌리고 있었다.

물론 한빈이 바라보고 있는 것은 독각서우 무리가 아니었다.

한빈은 용린검법의 글귀를 확인하고 있었다.

한빈의 앞에는 새로운 글귀로 가득 차 있었다.

[용안으로 구결을 확인합니다.]

[천급 구결 사(似)를 획득하셨습니다.]

그리고 아래에는 한빈이 얻은 구결이 일목요연하게 정리되어 있었다.

[천급 - 대(大), 비(非), 만(晩), 사(似)]

[알 수 없는 구결 : 삼(三)]

구결 네 개를 모았지만, 새롭게 조합되는 초식은 없었다.

'대', '비', '만', '사'라는 네 글자는 각기 다른 초식임이 분명했다.

용린검법에 들어맞는 초식이 있었다면, 저절로 조합이 되었을 게 분명했다.

그런데 지금은 네 개의 구결이 조용히 용린검법의 한쪽을 차지하고 있을 뿐이었다.

아무래도 새로운 천급 초식은 다음 기회로 미뤄야 할 것

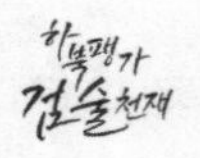

같았다.

그때 누군가 한빈의 곁으로 천천히 다가왔다.

그 모습은 제법 은밀했다.

이곳에서 은밀하게 다가올 만한 사람이 누가 있을까?

한빈은 재빨리 고개를 돌렸다.

도둑질하다 들킨 듯한 표정으로 현문이 소리를 질렀다.

"헉!"

"왜 그렇게 놀라십니까?"

"간덩이 떨어지는 줄 알았네. 그렇게 갑자기 돌아보면 내가 놀라지 않을 수가 없지 않나?"

"슬금슬금 다가오시는데 제가 어떻게 모를 수가 있습니까?"

"흠……."

헛기침하며 슬쩍 눈치를 보는 모습에 한빈이 고개를 갸웃했다.

조금 전에도 현문이 눈을 반짝이며 자신의 행동 하나하나를 주시했다.

그렇게 티를 내며 바라보는데 한빈이 모를 수는 없었다.

대충 상황을 살핀 한빈은 웃으며 말을 이었다.

"아무 일도 아닌 것 같으니 저는 이만……."

"잠시만 기다리게. 저쪽으로 가서 잠시 얘기 좀 나눌 수 있겠는가?"

"그렇게 하지요."

한빈은 선심 쓰듯 고개를 끄덕이며 이제 경계 태세를 풀고 휴식을 취하고 있는 적혈맹호대를 쓱 지나쳤다.

그들은 절벽 쪽으로 자리를 옮겼다.

한빈은 주위를 확인하고 다시 말을 이었다.

"이제는 아무도 없습니다. 그러니 편안히 말씀하시죠."

"자네! 뭔가 빼먹지 않았나?"

"그게 무슨 말입니까?"

"아까 붓으로 묘한 수법을 펼치지 않았나? 다른 이들은 못 봤지만, 나는 그 수법을 똑똑히 봤다네."

"흠."

이번에는 한빈이 헛기침했다.

무엇을 알아봤는지가 불분명했다.

만약 현문이 용린검법을 알아봤다면?

그럴 리는 없겠지만, 조금의 가능성이라도 있다면 대답을 조심해야 했다.

"역시 숨겨 둔 한 수가 있었군. 자네는 그것을 펼치지 않은 것이 분명하고."

"숨겨 둔 한 수라니, 그게 무슨 말입니까?"

한빈이 황당하다는 듯 현문을 바라봤다.

상대의 표정에는 아랑곳하지 않고 현문이 재빨리 말을 이었다.

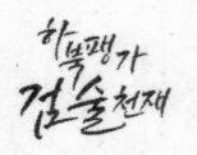

"자네는 독각서우의 등에서 뭔가 깨달음을 얻은 것이 분명해. 그런데 그 깨달음을 모두 다 갖지는 못했을 것이고……."

한빈은 눈을 가늘게 떴다.

예상했던 대화에서 살짝 비껴 나가는 분위기였다.

현문은 독각서우의 등에서 어떤 깨달음을 얻어 그것을 초식으로 펼쳤다고 오해하고 있었다.

현문이 관심을 두고 있는 것이 그 초식의 끝을 왜 펼치지 않았느냐 하는 점이라는 것은 한빈도 알아챘다.

초식의 끝이라?

그런 게 어디 있을까.

한빈은 빠르게 움직이는 구결을 얻기 위해 용린검법의 초식으로 그 경로를 따라잡았을 뿐이었다.

거기에서 새로운 초식을 얻었다니?

당치도 않았다.

게다가 한빈이 얻어야 할 것은 이미 모두 얻었다.

그 결과가 지금 허공에 떠 있는 용린검법의 구결이었다.

독각서우는 아낌없이 주는 영물이었다.

이렇게 완벽하게 빼먹었는데, 남아 있는 것이 있다고?

펼치지 않은 초식도 없을뿐더러 남아 있는 구결도 없었다.

의문 가득한 한빈의 표정을 본 현문이 다시 말을 이었다.

"자네의 붓놀림 말일세. 마치 검로를 보는 것 같았네."

"보법이 아니라 검로 같다고요?"

한빈은 자신도 모르게 보법이란 단어를 뱉었다.
이것은 실수였다.
상대에게 오해의 여지를 남길 수 있는 단어였다.
하지만 현문은 오히려 손을 내저었다.
"여기서 보기에는 검로 같았네. 그런데 왜 마지막 한 수를 보여 주지 않았는가?"
"흠, 저는 검로라고는 생각지 못했습니다. 그리고 제 움직임은 우연일 뿐이었습니다."
"분명히 보법이라고 하지 않았나. 그렇다면 우연히 움직인 것은 아닐 터, 그 끝을 보여 주면 안 되겠나?"
집요한 현문이었다.
한빈은 이쯤에서 이야기를 끊어야겠다고 생각했다.
"저는 독각서우의 등에 있는 벌레를 잡아 준 것뿐입니다."
"그런데 왜 벌레를 잡는 데 보법을 썼나?"
"벌레의 움직임이 이상해서 그것을 따라잡기 위해 경공술을 쓴 것입니다."
"허허, 그러니까……. 손으로 검술이 아닌 경공술을 썼다는 것인가?"
"네, 맞습니다."
"……."
현문은 말없이 한빈을 뚫어져라 바라봤다.
한빈은 슬쩍 눈치를 봤다.

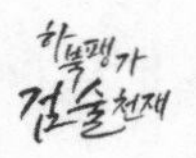

아무래도 대답이 어설펐던 것 같았기 때문이다.

지의 구결이 바닥을 드러내서일까?

지의 구결이 남아 있었다면 아마 조금 더 그럴듯한 변명을 할 수 있을지도 몰랐다.

생각해 보니 지의 구결은 시간이 흘러도 저절로 채워지지 않았다.

예를 들어 공력을 나타내는 공이나 속도를 나타내는 속은 시간이 지나면 자연스럽게 한계까지 차올랐다.

하지만 지의 구결만은 예외였다.

그런 의미에서 '감언이설'은 앞으로 다시 쓸 일이 없을 수도 있었다.

그때마다 한계까지 찬 구결을 모두 초식 하나에 쏟아부어야 하니 말이다.

그때였다.

현문이 손뼉을 쳤다.

짝!

갑작스러운 행동에 한빈이 재빨리 물었다.

"왜 그러십니까? 어르신."

"하늘이 내린 인재가 분명하군."

"지금 저보고 하신 말씀……."

"당연하지 않나? 하늘이 내린 인재가 아니라면 어찌 그런 발상을 할 수 있는가!"

말을 마친 현문이 눈을 빛냈다.

그 모습에 한빈이 뒷머리를 긁적였다. 뭔가 한빈이 의도하지 않은 방향으로 해석하는 것처럼 보였다.

한빈이 아무렇지 않게 웃었다.

"뭐, 어려운 것도 아니니……."

"잠시 호법 좀 부탁하네."

"호법이라니요?"

"잠시 내가 생각할 것이 있다네."

말을 마친 현문이 갑자기 자리에 앉았다.

난데없는 상황에 한빈은 조용히 주위를 살폈다.

다시 돌아보니 현문은 가부좌를 틀고 있었다.

갑자기 무아지경에 든 것이다.

한빈은 속으로 혀를 찼다.

자신이 둘러대느라 꾸며 낸 말 한마디에 저렇게 무아지경에 들다니!

현문이 만약 이번 깨달음에서 얻는 것이 있다면 태극검제를 따라잡을 수도 있었다.

그렇다면?

순간 한빈의 눈이 커졌다.

현문은 둘도 없는 한빈의 아군이었다.

그런 현문이 깨달음을 얻는다면 천급 구결을 피워 낼 수도 있는 일이었다.

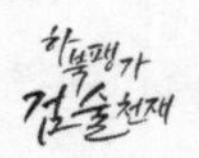

이것은 현문에게 닥친 기연일 뿐 아니라, 한빈의 기연일 수도 있었다.

한빈은 입맛을 다시며 현문을 바라봤다.

들숨과 날숨에서 현기가 느껴지는 것을 보니, 이번 무아지경은 예사롭지 않았다.

한빈은 팔짱을 끼고 잠시 생각에 잠겼다.

현문의 깨달음이 우연일까?

착각으로 저렇게 무아지경에 들었다는 것이 가능한 일일까?

생각을 이어 나가던 한빈이 눈을 크게 떴다.

독각서우의 등에서 어지럽게 떠다니던 구결의 흔적이 보법이 아니라 검법이라면?

한빈은 자신도 모르게 구결의 흔적을 떠올리며 맨손으로 허공을 그어 봤다.

어라?

한빈의 눈이 커졌다.

현문의 말대로였다.

독각서우의 등에서 불규칙하게 움직이던 구결은 흔적.

한빈은 그것을 경공술이라 생각했었다.

그런데 지금 손으로 허공에 그것을 재현해 보니 이것은 분명한 검술이었다.

그것도 제법 수준이 높은 검술이었다.

태극의 묘리가 느껴지면서도 변칙적으로 패도적인 기운을 내포하고 있었다.

곡선과 직선의 절묘한 조화를 품고 있었다.

대체 어떻게 된 것일까?

한빈은 손으로 검법을 재현하며 고개를 갸웃했다.

현문의 말대로 뭔가가 빠진 듯 보였다.

그렇다면 현문은 지금 무엇을 깨닫고 있을까?

한빈이 고개를 갸웃할 때였다.

절벽 쪽으로 나머지 일행도 다가왔다.

그들은 무아지경에 든 현문을 보며 입을 벌렸다.

놀람도 잠시, 그들은 당연하다는 듯 주변을 경계하기 시작했다.

한빈의 명이 없어도 무아지경에 든 현문을 위해서 동서남북의 방위를 점하며 자리 잡았다.

이곳까지 함께한 현문을 당연히 식구로 여기고 있던 것.

한빈은 슬쩍 손을 거두었다.

흔적에 관한 연구는 혼자 있을 때 따로 해야 할 것 같았다.

그때 심미호가 다가왔다.

"공자님, 현문 어르신을 위한 호법 배치는 끝냈고 설화와 청화는 주변에 먹을 게 있나 찾겠다고 나섰습니다."

"둘을 믿어도 될까?"

한빈이 의심 가득한 눈으로 심미호를 바라봤다.

다른 건 몰라도 음식만은 둘을 믿을 수 없었다.

손가락 하나로 한빈의 뜻을 알아듣는 설화였지만, 요리에 대한 재능은 젬병이었다.

그 모습에 심미호가 고개를 끄덕였다.

“그러지 않아도 조호를 딸려 보냈습니다.”

“잘했어, 심 부대주. 이제는 시키지 않아도 알아서 척척 하네.”

“누구 수하인데요.”

심미호가 입가에 가는 호선을 그렸다.

그때였다.

장자명이 한숨을 쉬며 다가왔다.

“휴, 역시 팽 공자와 있으면 한 번씩은 죽을 고비를 넘기는군요.”

“그래도 이번에는 무난하지 않았습니까?”

“이게 무난했다고 할 수 있습니까? 팽 공자도 죽을 뻔하고 저희도 죽을 뻔했습니다. 저놈들의 뿔에 받히기라도 했으면…….”

장자명이 고개를 흔들었다.

그 모습에 한빈이 웃었다.

“하하, 잘 끝났으니 다행이지요.”

“그런데, 아쉽기도 합니다.”

“아쉽다니요?”

"독각서우의 뿔 하나만 얻어도 소원이 없겠는데……."

장자명이 독각서우가 떠난 자리를 보며 말끝을 흐렸다.

그의 표정에는 진심이 묻어나 있었다.

죽을 고비를 넘기자 보따리가 생각난 행인 같은 표정이었다.

독각서우의 뿔은 부르는 게 값.

독인뿐 아니라 의원들에게도 꿈의 약재였다.

하지만 그것은 말 그대로 꿈일 뿐이었다.

독각서우는 정해진 장소에서 죽는다. 그리고 그 장소는 놈들만의 비밀이다.

코끼리의 어금니인 상아를 발견하려면 그 무덤을 찾으라는 말이 있지 않은가?

독각서우의 뿔인 독각도 마찬가지였다.

그 무덤을 찾지 못하면 발견하기는 불가능했다.

장자명은 뭐가 그리 아쉬운지 고개를 이리저리 돌렸다.

그 모습에 한빈이 물었다.

"뭘 그리 찾으십니까? 장 의원."

"떨어진 독각이라도 있지 않을까 해서 그러죠."

"그럴 리가요. 만약 그런 일이 있다면, 목숨을 건 약초꾼들이 이곳 추룡산맥의 초입에 몰려들었을 겁니다."

"팽 공자는 독각서우를 길들이지 않았소? 그러니 놈들이 여기에 선물로 갖다 놨을지 어떻게 압니까?"

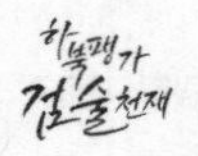

"하하. 제가 운이 좋아서 놈들을 길들인……. 아니 길들인 게 아니라 정확히는 친구가 된 겁니다. 그나마 서로 적의가 없다는 것을 확인했을 뿐, 선물을 받을 사이는 아니랍니다."

한빈의 말은 반 정도는 진심이었다.

놈들과 소통한 것은 감언이설의 효과 때문.

효과가 없어지고 나면 놈들과의 관계가 지금과 같으리라는 보장은 없었다.

물론 한빈이 모두에게 숨기고 있는 것이 하나 있었다.

그것은 바로 한빈도 독각을 원하고 있다는 것이었다.

코끼리의 무덤에서 상아를 찾듯.

한빈은 독각서우의 무덤에서 독각을 채집하기로 했다.

백년열화초와 함께 이곳에서 가져가야 할 물건이 바로 독각이었다.

백독곡의 곡주와 협상을 하기 위해서라도 반드시 얻어야 할 물건.

한빈은 이것에 대해 대비를 해 놨었다.

독각서우와 마주칠 때 한빈은 우두머리에게 추종향을 묻혀 놨었다.

우두머리의 흔적을 따라가다 보면 독각을 얻는 것은 시간 문제였다.

다른 이들에게는 비밀이었다.

계획은 지금까지 순조로웠기에 한빈은 빙긋 미소를 지었다.

한빈의 표정을 본 장자명이 입맛을 다셨다.

그는 아직 독각을 포기 못 한 것 같았다.

"쩝, 놈들에게 하나만 부탁했으면 좋았을 텐데……."

"나를 너무 높이 평가하시는 게 아닙니까?"

"독각서우를 길들일, 아니 친구로 삼을 정도면……."

장자명이 아쉬운 듯 한빈을 바라봤다.

하지만 말을 맺지는 못했다.

한빈이 휘적휘적 앞으로 나아갔기 때문이다.

뒤쪽에 있던 장자명이 외쳤다.

"팽 공자, 어딜 갑니까? 같이 가시죠!"

"그럼 따라오시지요."

한빈이 손짓하며 앞으로 나아갔다.

아무렇지 않게 가는 것 같아도 한빈에게는 분명한 목적지가 있었다.

한빈은 우두머리가 남긴 추종향의 흔적을 따라서 움직였다.

같은 시간 백독곡.

검은 안개를 뚫고 평범한 마차 하나가 소리를 내며 나타났다.

평범한 마차와는 달리, 마부석에 앉아 있는 이는 평범해 보이지 않았다.

마부석에 앉은 이는 검은색 무복을 입고 입었다.

주름 한 점 없이 깔끔한 무복은 마부에게는 어울리지 않는 복장이었다.

거기에 마부는 얼굴이 쭈글쭈글한 노인이었다.

검은 무복을 입지 않았다면 신선이라고 해도 될 정도의 도기를 풍기고 있었다.

묘하게 어울리지 않는 외모와 복장.

더 이상한 것은 마부의 표정이었다.

그는 불안한 듯 연신 눈썹을 꿈틀대면서도 마치 웃는 듯 입꼬리를 올리고 있었다.

우는 것인지 웃는 것인지 구분이 안 가는 표정이었다.

검은 안개를 뒤로한 채 달려오던 마차는 거침없이 흙탕물이 가득한 골짜기 사이를 달렸다.

마차에는 제법 무거운 짐이 실려 있는지, 흙탕물 위에 깊은 흔적을 만들어 냈다.

그 무거운 마차를 끌고 있는 것은 붉은색의 말이었다.

얼마나 달렸을까.

마차는 골짜기와 어울리지 않은 거대한 대문의 앞에서 멈췄다.

마부는 조용히 현판을 바라봤다.

검은색의 바탕에 하얀 글씨가 유독 눈에 띄는 현판이었다.

백독문(白毒門)

이곳이 독공에 있어서는 사천당가와 함께 무림의 양대 산맥이라고 불리는 백독문이었다.

그 현판을 본 마부가 자리에서 일어났다.

자리에서 일어난 마부는 마차에서 내리지는 않았다.

대신에 마차에 꽂혀 있던 쇳조각 하나를 꺼내 들었다.

그러고는 아무렇지 않게 대문을 향해서 던졌다.

평범한 동작에 비해 쇳조각은 가공할 기세를 피워 내며 대문을 향해 날아갔다.

쇳조각은 급기야 대문의 한가운데에 꽂혔다.

푹!

직각으로 꽂힌 쇳조각이 진동음을 내며 떨다가 멈췄다.

쇳조각은 다름 아닌 호패였다.

이런 난리가 났는데, 이곳의 주인이 모를 리 없었다.

백독문의 대문이 바로 열리고 흰색 무복의 무사들이 뛰어나왔다.

독인들이라고는 생각하지 못할 정도로 정갈한 복장이었다.

그중 우두머리로 보이는 무사가 한 발 앞으로 나오더니 마부를 향해 소리쳤다.

"뉘시오? 말하지 않는다면 무사하지 못할 것이다!"

"……밝히지 않는다면?"

마부는 무사가 있는 쪽을 가리켰다.

그 기운이 제법 강렬했는지 우두머리 무사가 허리에 찬 검을 움켜잡았다.

스륵.

검집을 살짝 기울인 무사는 언제라도 검을 뽑겠다는 의지를 보였다.

그때 마부가 신경질적으로 손가락을 곧게 뻗었다.

어딘가를 가리키는 것 같았다.

마부의 기세는 더욱 강렬해졌다.

이제는 지풍이라도 쏘아 낼 것 같은 착각이 들 정도였다.

우두머리 무사는 그제야 마부의 손가락이 가리키는 방향을 알아챘다.

마부의 손가락은 무사를 가리키고 있는 것이 아니었다.

정확히는 대문에 꽂힌 호패를 가리킨 것이었다.

우두머리 무사는 마부를 경계하며 대문에 꽂힌 호패를 살폈다.

맨손으로 호패를 잡으려던 우두머리 무사는 멈칫하더니, 품에서 은빛이 감도는 장갑을 꺼냈다.

그러고는 그 호패를 뽑았다.

호패는 제법 묵직했다.
묵직함에 살짝 놀라던 우두머리 무사의 눈이 커졌다.
호패에 적힌 문구 때문이었다.

백룡(白龍)

어디선가 들어 본 이름이었다.
머리를 자극하는 것이, 분명히 누군가에게 들었던 이름이었다.
하지만 바로 떠오르지는 않았다.
누굴까.
우두머리 무사는 백독문의 대사형 조기명이었다.
그들은 성은 다르지만, 같은 배분에서는 돌림자가 같았다.
그는 다름 아닌 장자명과 같은 배분에 있는 백독문의 제자였다.
조기명은 호패를 보며 미간을 좁혔다.
경험으로 따지면, 이곳에서 그를 따라갈 사람이 없었다.
들어는 본 것 같은데 떠오르지 않는 이름에 그는 적잖게 당황했다.
그때 우두머리 무사의 뒤쪽에서 헛기침 소리가 들렸다.
"험."

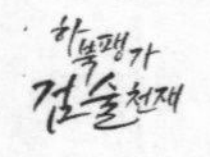

그 소리에 조기명은 한 발 앞으로 나오며 포권했다.

"사숙부님, 오셨습니까?"

"무슨 일이냐?"

"이걸 보십시오. 저기 계신 고인이 저희 대문에 이걸 꽂았습니다."

조기명이 호패를 내밀었다.

호패를 받은 이는 눈을 가늘게 떴다.

그는 조기명의 사숙으로, 백독문 문주의 사제였다.

이름보다는 독호(毒狐)라는 별호가 유명한 독인이었다.

호랑이 '호'가 아닌 여우 '호'를 쓰는 이유는 간단했다.

그것은 바로 그의 용독술 때문이었다.

그는 철두철미하게 상대를 중독시키는 독인 중 하나였다.

무작정 상대와 독을 겨루는 것이 아니라, 상대를 분석하고 힘에서 밀린다 싶으면 아예 승부를 포기하는 독인이었다.

덕분에 그는 독공을 겨루는 자리에서 패한 적이 한 번도 없었다.

그의 행동을 얄팍하다고 놀리는 이들도 있었다.

여우라는 동물보다 그를 표현할 단어는 드물었다.

물론 독호 자신도 자신의 별호에 만족하고 있었다.

"어디……."

호패를 확인하던 독호가 눈을 가늘게 떴다.

그는 호패를 조기명에게 넘긴 후 마부를 향해 깊숙이 포권했다.

“북해의 고인께서는 어찌 먼 길을 오셨습니까?”

“자네가 독호라 불리는 이군.”

“네, 맞습니다. 백룡에서 오신 분이 어찌 저를 아십니까?”

독호는 상대에게 정중히 물었다.

그때 옆에 있던 조기명의 표정이 찬물에 들어간 쇳물처럼 굳어졌다.

백룡의 이름이 기억났기 때문이다.

백룡은 백독문이 개파하기 전 있었던 조직이었다.

백독문의 시조가 되는 곳이긴 해도 이제까지 교류가 없었던 곳이다.

그의 사부와 사숙은 이렇게 말하곤 했다.

만약 밖에서 백룡의 사람을 만나게 되면 알은척도 하지 말고 도망치라고 말이다.

백독문의 문주와 사숙이란 사람들은 괴팍하기는 둘째가라면 서러워할 자들이었다.

그런데 그들이 이리 말한다는 것은 백룡이란 곳이 껄끄럽다는 말이었다.

그도 그럴 것이, 백룡에 대해서는 조기명도 아는 바가 없었다.

사부와 사숙이 그곳의 얘기를 꺼내는 것을 극도로 꺼려 했기 때문이다.

그때 마부가 피식 웃었다.

그 웃음에 흰 수염이 가늘게 흔들린다.

묘한 웃음의 끝에 마부가 다시 말을 이었다.

"우리가 아무 생각 없이 여기까지 왔겠는가?"

"흠."

"백룡에서 온 분이라고는 하나 일단 용건은 말씀해 주셔야 겠습니다."

"일단 자네 문파에 있는 물건의 목록을 내놓게!"

마부가 손을 내밀었다.

그의 손은 푸른색을 띠고 있었다.

그 모습에 독호도 당황했다.

"그게 무슨……."

"만약 안 내놓는다면 오늘 나는 백독문을 이곳에서 지울 터이네."

마부가 손바닥을 펼쳤다.

푸른 기운이 손바닥 안에서 일렁였다.

그 모습에 무사들 모두가 검을 빼어 들었다.

스릉. 스릉.

찬바람이 귓가를 에는 것 같은 서늘함.

일촉즉발의 상황이 펼쳐졌다.

그때 독호가 팔을 들어 백독문의 무사들을 저지했다.

"잠시만 기다리거라."

"아무리 그래도 이건……."

조기명이 눈썹을 부르르 떨었다.

그 모습에 독호가 낮은 목소리로 말했다.

"너는 어서 문주님을 불러오거라."

"알겠습니다."

조기명이 조용히 자리를 빠져나갔다.

그들의 움직임에도 마부는 아랑곳하지 않았다.

그때 마차의 문이 열렸다.

스륵.

문이 열리고 백색 무복의 여인이 나왔다.

솜씨 좋은 석공이 얼음을 깎아 미인상을 만들어 놓은 것만 같은 분위기였다.

그녀가 밖으로 나오자 독호는 눈을 크게 떴다.

마부를 보고도 놀라지 않던 독호의 눈이 보름달처럼 동그랗게 변했다.

여인은 천천히 독호가 있는 쪽으로 걸어왔다.

독호는 한기가 밀려들어 오는 것을 느꼈다.

얼음을 깎아 놓은 듯한 분위기는 착각이 아니었다.

거대한 얼음이 점점 다가오는 것 같았다.

그녀는 빙공의 고수이자 독공의 고수.

여인의 얼굴을 본 것은 처음이지만, 독호는 그녀의 정체를 알 것 같았다.

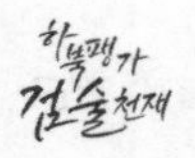

백룡의 이인자로, 별호는 빙설(氷雪)이며 이름은 여라희였다.

독호는 그녀의 나이조차 짐작이 되지 않았다.

외모만 본다면, 아마도 한 번쯤은 환골탈태를 하지 않았을까.

중요한 것은 그것이 아니었다.

왜 그들이 백독지회를 앞둔 이곳에 와서 행패를 부리는가 하는 점이었다.

독호는 일단 상대를 다독이는 것이 먼저라 판단했다.

그는 재빨리 허리를 굽히려고 했다.

그때였다.

가만히 있던 마부가 바람처럼 여라희의 옆으로 날아갔다.

"단주, 제가 알아서 하겠습니다."

"너는 그냥 보고만 있거라."

여라희의 말에 나서려던 마부가 그 자리에 멈췄다.

마부를 제지한 여라희가 독호를 바라봤다.

그러고는 살포시 포권했다.

아무 말도 하지 않고 살짝 포권하며 고개를 숙이는 여라희의 모습에 독호가 마른침을 삼켰다.

백룡의 이인자가 자신에게 먼저 인사를 건넨다는 건…….

독호는 생각도 하기 싫었다.

안 하던 행동을 한다는 것은 둘 중 하나이기 때문이다.

상대를 죽이려고 하든가.

자신이 죽을 때가 됐든가.

백룡이란 조직의 특성상 첫 번째일 가능성이 높았다.

독호는 치열하게 머리를 굴렸다.

자신의 안전과 무파의 안전.

그리고 훗날까지도 상상하며 끊임없이 고민했다.

과하게 긴장한 탓에, 상대를 어찌 대해야 할지 감도 오지 않았다.

그때 여라희가 입을 열었다.

"저희는 독재를 구하고 있습니다. 도와주시지요."

순간 독호의 표정이 밝아졌다.

독재란 하독과 해독에 쓰이는 재료를 말한다.

하독을 하기 위함인지 해독을 하기 위함인지는 모르지만, 상대가 목적을 말했다는 것은 중요했다.

목적을 들어주면 살아날 가망성이 있기 때문이다.

독호가 재빨리 말했다.

"일단 필요한 게 뭔지 말씀하십시오. 저희도 어찌 보면 먼 친척뻘이 아닙니까. 저희가 도와드리겠습니다. 그리고 며칠 후에 백독지회가 열립니다. 그때가 되면 천하의 도인들이 질 좋은 독재를 들고 이곳에 모일 겁니다. 그러니 일단 흥분을 가라앉히시지요."

"……."

여라희가 품속에서 쪽지 하나를 꺼내 말없이 독호에게 전했다.

독호는 재빨리 그 쪽지를 펼쳤다.

쪽지의 상단을 읽어 나가던 독호는 고개를 끄덕였다.

그리 구하기 힘든 재료는 아니었다.

이곳에 없는 것은 다른 독인들에게 서신을 띄워 가지고 오라고 하면 되었다.

쪽지를 읽어 나가던 독호의 눈이 갑자기 커졌다.

"이, 이건 저희도……."

"구하기 힘드신가요?"

"일단 저희의 창고를 살펴보겠습니다. 외람되오나 이 독재들로 무엇을 하실 건지……."

"해독제를 만들 겁니다."

"흠, 일단 안쪽으로 들어오시지요."

독호는 백독문의 안쪽을 가리켰다.

그 모습에 여라희가 마부를 바라봤다.

호리호리한 노인은 다시 날듯이 마차로 향했다.

마차에서 마부는 커다란 직사각형의 물건을 꺼냈다.

순간 뒤쪽이 술렁거리기 시작했다.

마부가 꺼낸 물건은 침상이었다.

만년빙옥으로 깎아 만든 커다란 침상을 마차에서 꺼낸 것이다.

마부는 아무렇지 않게 그 침상을 들쳐 메고는 천천히 문 쪽으로 걸어왔다.

소리는 들리지 않았지만, 마부가 지나간 자리는 마치 백 근의 돌덩이로 찍은 것처럼 움푹 파였다.

마부는 뭔가 고개를 갸웃하더니 다시 마차로 돌아갔다.

그러고는 말을 마차와 분리하고 말고삐를 쥐었다.

타닥.

마부는 아무렇지 않게 말고삐를 잡고 여라희의 뒤를 따랐다.

그들은 안내하는 독호의 심정은 복잡했다.

그들이 요구하는 재료 중에는 구할 수 없는 재료도 섞여 있었기 때문이다.

그것도 무려 이십 개였다.

하나도 구하기 힘든 것을 이십 개 구하라니!

독호는 보이지 않게 고개를 흔들었다.

백룡에서 온 마부와 여라희가 백독문의 적이 될지 아군이 될지는 아직 모르는 일.

일단 모든 대비를 해야 했다.

백독문의 심상치 않은 상황과는 별개로 한빈은 독각서우

의 흔적을 따라 걸어가고 있었다.
반 시진 정도를 걸어갔을 때였다.
옆에서 귀에 익은 목소리가 들렸다.
"공자님, 여기 보세요!"
고개를 돌려 보니 스무 걸음 떨어진 곳에 청화가 손을 흔들고 있었다.
아무래도 주변에서 먹을거리를 찾고 있다가 한빈을 보고 외친 것 같았다.
한빈도 아무렇지 않게 손을 흔들었다.
순간 한빈은 고개를 갸웃했다.
청화가 뿔 하나를 잡고 흔들었기 때문이다.
뿔은 남자의 손바닥만 한 크기였다.
거기에 순백색을 띠고 있어 마치 상아와 비슷한 빛을 발하고 있었다.
누가 봐도 탐이 날 만한 진귀한 장신구 같은 느낌의 뿔이었다.
순간 장자명의 눈이 커졌다.
"저, 저건……."
어찌나 놀랐는지 그는 말을 맺지 못했다.
한빈은 놀란 그의 표정을 보고는 피식 웃었다.
때마침 청화의 옆을 지나가던 조호가 손을 뻗어 뿔을 잡으려 했다.

누가 봐도 장난을 거는 것이 분명했다.

한빈은 표정을 굳혔다.

문제는 저 뿔의 정체였다.

뿔의 정체를 눈치챈 한빈이 외쳤다.

"멈춰!"

그와 동시에 한빈은 용린검법의 초식을 펼쳤다.

'일촉즉발!'

한빈의 몸이 화살처럼 조호의 쪽으로 날아갔다.

갑자기 한빈이 신형을 쏘아 내자 옆에 있던 장자명은 기겁하며 옆으로 물러섰다.

"헉, 팽 공자!"

하지만 한빈은 답하지 않았다.

그저 조호를 향해서 화살처럼 날아갔다.

휙.

한빈이 조호와 청화 사이에 도착한 것은 그야말로 눈 깜짝할 사이였다.

둘 사이를 가로막은 한빈은 조호 대신 청화의 손에 있는 뿔을 낚아챘다.

탁!

뿔을 낚아챈 한빈이 허공에서 빙그르르 돌더니 조호의 앞에 섰다.

조호가 당황한 듯 눈을 크게 떴다.

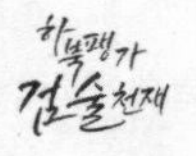

"주, 주군 왜 그러세요? 혹시 제가 잘못이라도……."

"조호야, 너 지금 죽을 뻔했다."

한빈이 안심했다는 듯 한숨을 내쉬었다.

아직 표정을 수습하지 못한 조호가 조심스럽게 물었다.

"그, 그게 무슨 말씀이세요?"

"이건 독각서우의 뿔, 즉 독각이다."

"독각이라니요?"

"방금 사라진 그 영물의 코뿔이란 말이다."

"이건 하얀색이잖아요. 아까 놈들의 뿔은 검은색이고요."

조호는 이해가 안 된다는 듯 한빈이 들고 있는 뿔을 가리켰다.

누가 봐도 영롱한 순백색의 뿔은 상아와 비슷했다.

조호의 표정을 본 한빈이 이해한다는 듯 고개를 끄덕였다.

"아까 봤던 놈들의 뿔은 흑색이었지?"

"네."

"독각서우는 죽기 전에 뿔에 모든 기운을 몰아넣고 죽는다는 말이 있다."

"그러면 검은색이어야 하잖아요, 주군."

"그런데 독각서우가 품고 있는 독이 한계까지 응축되면 하얀색이 된다고 하지."

"헉, 그럼……."

말끝을 흐린 조호가 놀란 듯 뒤로 물러났다.

그 모습에 한빈이 손바닥을 보이며 외쳤다.
"그만! 뒤쪽에도 있다."
"네?"
조호가 고개를 돌렸다.
순간 조호의 눈이 화등잔만 해졌다.
한빈의 말대로 사방에 하얀 뿔이 널려 있었다.
"저게 전부 독각이라고요?"
"아무래도 그런 것 같구나."
한빈이 주변을 가리켰지만, 조호는 반신반의한 듯 고개를 갸웃했다.
조호도 독각이 구하기 힘든 물건이라는 것은 풍문으로 들어 알고 있었다.
그런데 사방에 널려 있다는 것이 이해가 되지 않았다.
조호가 고개를 갸웃하고 있을 때, 뒤쪽에서 차분한 목소리가 울렸다.
"팽 공자님의 말이 맞네. 그건 독각이 분명해."
목소리의 정체는 바로 장자명이었다.
장자명은 은빛이 감도는 장갑을 끼고 한빈에게 손을 내밀었다.
한빈은 아무렇지 않게 독각을 장자명에게 건넸다.
장자명은 조심스럽게 독각을 살피기 시작했다.
한참을 살피던 장자명이 웃음을 터뜨렸다.

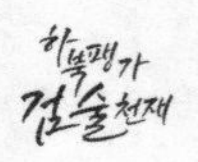

"하, 하."

그의 웃음에 조호가 조심스럽게 물었다.

"장 의원님, 그거 진짜 독각 아니죠? 진짜라면 의원이 그렇게 웃으실 리 없겠죠."

"아니다. 이건 진짜다."

"그런데 왜 웃으시는 겁니까? 의원님."

"이건 태어나서 처음 보는 최상품이네. 독기가 완벽하게 응축되어 있는 물건이야. 우리 사부님이 독기가 응축될수록 크기가 작아질 것이라고 하셨는데, 진짜구나. 하하."

다시 웃음을 터뜨리는 장자명의 모습에 조호의 얼굴은 새하얗게 질렸다.

조호는 장자명의 의술만큼은 믿고 있었다.

눈앞에 있는 것이 진짜 독각이라면 방금 죽을 뻔한 것이 맞았다.

조호는 본능적으로 주변을 돌아봤다.

그곳을 빠져나가기 위해서였다.

폭약이 묻힌 적진이나 이곳이나 조호에게는 다를 바가 없었다.

그곳을 벗어나려던 조호가 뭔가 생각났다는 듯 눈을 크게 떴다.

"헉, 그러고 보니……."

"왜 그러느냐?"

"청화가 먼저 만졌잖아요. 어떻게 해요!"

"청화는 괜찮다."

"맨손으로 만졌는데 어떻게 괜찮아요? 주군."

조호가 깜짝 놀라 청화에게 다가갔다.

조호는 사방에 독각이 널려 있다는 것도 잊은 채 청화를 살폈다.

안색을 살피더니 이제는 청화의 소매를 잡아 조심스럽게 들어 올렸다.

손을 확인하기 위해서였다.

빠르게 청화의 손을 살핀 조호의 얼굴이 새파랗게 질렸다.

조호가 떨리는 목소리로 말했다.

"큰일 났어요, 주군. 청화가 중독된 것 같아요."

난데없는 말에 장자명이 독각을 한빈에게 건네고 청화에게 달려왔다.

"청화가 중독됐다고? 무슨 근거로 하는 말이냐?"

"독각서우의 독은 응축되면 하얀색이라면서요. 그래서 그 흰 뿔이 제일 위험하다고 주군이 그러셨어요."

"그래서?"

"설화의 손이 하얗게 변했어요."

조호는 속이 타들어 가는지 바짝 마른 입술로 말했다.

진심으로 걱정하는 것 같았다.

장자명은 청화의 손을 바라봤다.

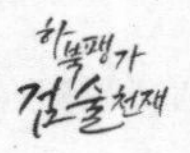

상태를 살피던 장자명이 눈썹을 꿈틀거리며 조호를 바라봤다.

장자명은 조호의 호들갑에 다급하게 청화를 살핀 것이었다.

그도 청화가 중원에서 몇 안 되는 공독지체를 완성한 자 중에 하나라는 것을 알고 있었다.

그런데 청화가 중독된다?

이것은 큰 사건이었다.

하지만 청화에게 중독 증상은 전혀 없었다.

오히려 약간의 독기를 흡수했는지 활기까지 넘쳤다.

아마도 청화의 정체에 대해서 잘 모르는 조호가 오해한 것일 터.

조호는 한빈을 바라봤다.

한빈은 그 어느 때보다 진한 미소를 피워 내고 있었다.

설화가 중독되었다는 것을 아예 믿고 있지 않은 것 같았다.

장자명은 피식 웃으며 청화를 바라봤다.

"조호가…… 그렇다는데?"

"제 손은 원래 하얀데요. 헤헤."

청화가 어색하게 웃자 조호가 멍하니 입을 벌렸다.

아무래도 현재 상황을 이해하지 못하는 것 같았다.

그 모습에 한빈이 한 발 앞으로 나왔다.

"청화도 어엿한 당가의 직계다. 독에 있어서는 우리와 같은 선상에서 바라보면 안 되지."

"아, 그렇군요."

조호가 입을 벌리더니 경외감 가득한 눈빛으로 청화를 바라봤다.

그 눈빛에 청화의 어깨에 살짝 힘이 들어갔다.

청화를 마저 살핀 장자명은 시선을 돌려 바닥에 떨어진 독각을 살폈다.

지나가던 독각서우가 이걸 떨어뜨리고 갔을 리는 없었다.

이곳 추룡산맥에는 독각서우들의 무덤이 있는 것이 분명했다.

장자명은 조용히 한빈을 바라봤다.

분명히 독각서우는 한빈을 위해 이곳에 독각을 가져다 놓은 것이 분명했다.

아무리 생각해도 깊이를 헤아릴 수 없었다.

길들인 것이 아니라 적의가 없다는 것만 판단했다지만, 이건 놈들의 선물이 분명했다.

우연의 연속으로 일어날 수는 없는 일.

장자명은 마음을 가라앉히고 다시 독각을 살폈다.

적어도 스무 개는 넘어 보였다.

이제 문제는 이 많은 독각을 어떻게 처리하느냐였다.

장자명이 독각을 만질 수 있었던 것은 은사로 만든 장갑

덕분이었다.

이것은 백독곡에서 몰래 가져온 물건이었다.

문제는 무당산으로 향하면서 독각을 계속 들고 다닐 수는 없다는 점이었다.

설사 양보해서 장자명이 고생을 자처한다고 해도 독각을 아무 대안 없이 옮기는 것은 무모했다.

장자명은 딱 하나의 독각만을 챙기려고 했다.

나머지 독각을 모두 가지고 갈 수는 없었다.

독각이 충돌하면 독기가 폭발할 수도 있기 때문이었다.

죽어서도 성질을 죽이지 못하기 때문이라 하는 이들도 있었다.

"흠, 이걸 어쩐다……."

장자명이 낮은 한숨을 내쉬었다.

자신이 살펴본 독각 정도의 순도라면?

터질 시 집 한 채를 녹여 버릴 것이 분명했다.

그 위험한 물건을 무당까지 옮긴다?

그것은 불가능한 일이었다.

한참을 생각하던 장자명이 미소를 지었다.

가장 합리적인 방법을 떠올렸기 때문이다.

가장 좋은 방법은 이 근처에 파묻어 놓고 돌아올 때 다시 찾는 것이었다.

장자명은 자신의 지혜에 감복했다.

아무리 생각해도 이건 기상천외한 방법이었다.

약초꾼도 드나들지 않는 추룡산맥의 초입이었다.

이곳을 자유롭게 지나갈 수 있는 것은 딱 한 명밖에 없었다.

장자명이 떠올린 이는 당연히 한빈이었다.

무당산에서 일을 마치고 돌아오는 길에 운반 도구만 구하면 된다.

독기를 완벽하게 틀어막을 수 있는 튼튼한 도구를 구한다면, 이곳에 묻어 놓은 모든 독각을 하북팽가로 운송할 수 있었다.

장자명이 자화자찬을 하며 회심의 미소를 짓고 있을 때였다.

장자명의 귓가에 손가락 튕기는 소리가 들렸다.

딱.

상념에서 깬 장자명이 한빈을 바라봤다.

한빈은 아무렇지 않게 손가락을 다시 튕겼다.

딱.

마치 누군가를 부르는 것 같았기에 장자명은 고개를 갸웃했다.

그도 그럴 것이, 설화와 청화는 바로 옆에 있었다.

한빈의 소리에 반응할 사람이 여기 말고는 없다는 것이었다.

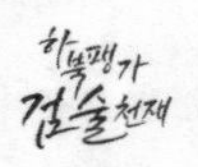

그는 호기심에 설화를 바라봤다.

"설화야, 팽 공자님이 널 부른 것이냐?"

"저 부른 거 아닌데요."

"그걸 어떻게 아느냐?"

"소리가 달라요."

"내가 듣기에는 똑같은데 뭐가 다르다는 건지 모르겠다, 허허."

"아무렇지 않게 손가락을 튕기시는 것 같지만, 묘하게 다르거든요. 지금은 저를 부른 게 아니에요."

"허허."

헛웃음을 터뜨린 장자명이 이번에는 한빈을 바라봤다.

그의 시선에도 한빈은 아무렇지 않게 뒤쪽을 바라보고 있었다.

얼마나 지났을까?

다들 바닥에 떨어진 독각을 멍하니 바라보고 있을 때였다.

멀리서 묘한 소리가 들려왔다.

스륵. 스륵.

그 소리에 장자명이 뒤쪽으로 물러났다.

장자명이 느끼기에는 기분 나쁜 소리였다.

소리가 점점 가까워지더니 멀리서 검은 신형이 모습을 드러냈다.

그 신형이 점점 가까워지자 장자명은 한숨을 내쉬었다.

"휴."

신형의 주인은 다름 아닌 심미호였기 때문이다.

그녀를 바라보던 장자명은 눈을 가늘게 떴다.

심미호가 뭔가를 힘들게 끌고 오고 있었다.

스르륵.

스르륵.

심미호는 불길하게 생긴 기다란 상자를 끌고 있었다.

점점 심미호가 다가오자 장자명이 입을 벌렸다.

유난히 눈에 띄는 불길하게 생긴 상자 때문이었다.

심미호가 끌고 오는 것은 다름 아닌 관이었다.

여기저기 녹슨 자국이 있었고 이끼까지 끼어 있었다.

적혈맹호대에는 익숙하지만, 장자명에게는 다소 낯선 물건이었다.

사천당가에서는 한빈을 지켜 줬던 물건이었다.

거기에 하북팽가에서는 한빈이 독공을 과시하기 위해서 썼었고.

스륵. 스륵.

관을 한빈 앞까지 끌고 온 심미호가 가볍게 포권했다.

"가져왔어요, 주군."

"고생 많았어, 심 부대주."

"그런데 이걸 어디에 쓰시게요?"

"아무래도 여기에 보관해야 할 물건이 생길 것 같아

서……. 그러고 보니 벌써 생겼네.”

한빈이 뒤쪽을 힐끔 바라봤다.

심미호가 고개를 갸웃하며 바닥에 뒹구는 독각을 바라봤다.

“저게 다 뭐예요?”

“독각서우가 흘리고 간 뿔이야. 일단 뚜껑 좀 열어 봐.”

“네, 주군.”

심미호가 관을 열었다.

끼긱.

관은 불길한 소리를 내며 열렸다.

뚜껑이 열리자 안쪽을 살펴본 한빈이 빙긋 웃었다.

“자리가 딱 맞네.”

“그게 무슨…….”

고개를 숙이며 묻던 장자명이 입을 벌렸다.

불길하게 생긴 모습과는 달리, 관 안에는 정체불명의 상자들로 가득 차 있었다.

장자명이 다급하게 물었다.

“호, 혹시 이건 전부 현철입니까? 팽 공자.”

“역시, 장 의원은 알아보시는군요.”

“그럼 이 관도 현철로 만든…….”

“네, 맞습니다.”

한빈이 고개를 끄덕이자 장자명은 관 뚜껑을 쓰다듬었다.

마치 귀한 보물을 보듯이 말이다.

장자명의 반응은 당연했다.

그도 현철의 가격에 대해서는 어느 정도 알고 있었다.

관 안에 있는 조그만 상자만 해도 집 한 채 가격이었다.

그런데 이게 모두 현철이라고 생각하니 머릿속이 아득해졌다.

장자명은 현실적인 인물이었다.

이렇게 고생하는 것도 돈을 잔뜩 벌어 사매와 행복한 가정을 이루려는 꿈이 있어서였다.

장자명은 자신도 모르게 입가를 실룩였다.

마치 이 중 십분지 일 정도는 자신의 것인 듯한 착각이 들었다.

거기에 안쪽에 있는 상자도 모두 현철로 만들어진 것이었다.

비어 있는 상자도 있고 뭔가 가득 차 있는 상자도 있었다.

장자명이 기분 좋은 상상을 하고 있을 때, 청화가 자연스럽게 독각을 주워 작은 상자 안에 담았다.

독각을 채운 작은 상자는 현철로 만든 관 속에 차곡차곡 쌓여 갔다.

그 모습에 장자명이 물었다.

"저, 저걸 왜 다 챙겨 가십니까? 팽 공자."

"그냥 두면 누가 다 가져갈 거 아닙니까?"

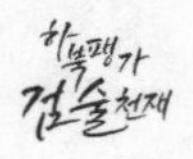

"그래도 저걸 가지고 무당에 갔다가 무슨 봉변을 당하려고 그러십니까?"

"여기 놔뒀다가 빼앗기는 것보다야 좋은 선택 아닐까요?"

"팽 공자는……."

장자명이 재빨리 말끝을 흐렸다.

괜히 말을 해 봤자 좋은 소리를 못 들을 것 같아서였다.

이제 조금 있으면 그의 사문인 백독문에 도착할 예정.

사부가 자신을 본다면 어디 하나 부러질 것이 뻔했다.

그런데도 이렇게 사문으로 향하는 것은 한빈의 약속이 절대적이였기 때문이다.

한빈이 약속한 것은 딱 하나였다.

백독문에 도착하면 장자명을 영웅으로 만들어 주겠다고 했다.

그런 한빈의 성질을 건드릴 필요는 없었다.

자신의 무사안일을 위해서라도 한빈의 비위를 맞출 필요가 있었다.

장자명이 한빈을 힐끗 보며 영업용 미소를 지었다.

"팽 공자는 역시 영웅이십니다."

"욕심 많은 것과 영웅이 무슨 상관입니까?"

"영웅이 달리 영웅이겠습니까? 욕심이 있으니 천하를 아우르는 것이지요."

"장 의원님."

"무슨 하실 말씀이라도……."

"입에 침을 좀 바르시지요."

"……."

장자명은 자신도 모르게 입을 막았다.

잠시 어색한 분위기가 흐를 때였다.

장자명이 뭔가 생각난 듯 조심스럽게 물었다.

"그런데, 백년열화초는 얻으신 겁니까?"

"여기에 잘 있습니다."

한빈이 자신의 목걸이에 달린 은색 구슬을 가리켰다.

장자명이 안심한 듯 말을 이었다.

"다행이군요. 그럼 이제는 두 개만 얻으시면 되겠군요."

"사실, 그 두 개도 미리 구해 놨습니다. 이제 삼황초는 다 얻은 겁니다."

한빈이 자신의 목에 걸린 줄을 흔들었다.

한빈의 말대로 그곳에는 은빛 구슬이 몇 개 더 있었다.

"대체……."

장자명은 말을 잇지 못했다.

물어볼 것이 산더미였지만, 지금 그것을 물어봐도 되는지 판단이 되지 않아서였다.

말끝을 흐리던 장자명이 조심스럽게 물었다.

"삼황초를 다 구하셨다면서, 왜 백독곡으로 가는 겁니까? 그냥 지나치시면 안 되겠습니까?"

"아닙니다. 그곳에 꼭 가야 합니다."

"정 가고 싶으시다면 무당산에서 돌아오는 길에 들르시죠."

"안 됩니다."

"대체 왜 지금 백독곡에 들러야 하는 겁니까? 팽 공자."

"삼황초보다도 더 귀한 것을 찾기 위해서입니다."

"태혈고를 해독할 수 있는 삼황초보다 더 중요한 게 어디 있습니까? 팽 공자의 말씀대로라면, 무당에 하루빨리 가는 것이 맞지 않습니까?"

장자명은 필사적이었다.

한빈이 그를 영웅으로 만들어 주겠다고 장담했지만, 완전히 믿을 수는 없었다.

사실 그보다 장자명은 그의 사부를 보기가 겁이 났다.

그리고 지금 자신의 상태가 내세우기 부족하다는 것도 알고 있었다.

한빈과의 계약 기간까지만 버티면 사부 앞에서도 당당해질 터였다.

장자명은 그렇게 믿고 있었다.

그때가 되어서 천수장을 떠날지는 알 수 없지만 말이다.

장자명의 변화무쌍한 표정을 본 한빈이 입가에 미소를 띠며 말을 이었다.

"심정은 이해합니다."

"제 심정을 어떻게……."

"저도 그런 적이 있었으니까요."

한빈이 장자명의 어깨를 토닥였다.

물론 그 경험은 전생에 있었던 일이었다.

"제 심정을 이해해 주신다면 나중에 들르시면 안 되겠습니까? 귀중한 것이 뭔지는 모르겠지만, 제가 찾아 드리겠습니다."

"재미로 백독곡으로 가는 것은 아닙니다. 무당에서의 문제를 해결하기 위해서는 열쇠 하나를 더 얻어야 합니다."

"그 열쇠가 뭔지 말해 주지 않으시겠죠?"

"그야 당연히……. 비밀입니다."

"하하."

장자명이 허탈하게 웃었다.

이틀 후.

백독문의 연공실.

백독문의 문주인 백주천이 표정을 수습하지 못하고 있었다.

바로 상대방의 태도 때문이었다.

백독문이란 이름으로 강호에 나오기 전 그가 몸담았던 곳이 바로 백룡이었다.

백룡은 조직이나 문파 같은 것은 아니었다.

북해빙궁을 만든 세 부족 중 하나였다.

백룡과 백경 그리고 백호족이 바로 그 세 부족이었다.

북해빙궁이 만들어지고 백호족의 족장이 궁주가 된 후, 백룡과 백경은 뒤로 물러났다.

강호에 이름을 알린 북해빙궁과는 멀리 떨어진 곳에서, 백룡은 북해의 독과 깨달음을 연구하며 나날을 보냈었다.

그들의 기품은 하늘을 찔렀으나.

그들은 속세에 욕심이 없었다.

백주천이 백룡을 나온 이유였다.

백룡에는 하나의 규칙이 있었다.

나가는 자는 막지 않는다. 하지만 영원히 돌아올 수는 없다.

누가 보면 그곳에 있는 것이 무슨 혜택이라도 되냐며 반문할 수도 있다.

하지만 그곳에 있는 것이 천고의 기연임을 자신 있게 말할 수 있었다.

그곳에서 연구하는 독과 깨달음은 바로 불로장생에 관한 것이었다.

백주천의 앞에 있는 여라희의 나이는 몇 살일까?

백주천이 열 살 때도 지금의 저 외모였고.

칠순이 된 지금도 외모는 똑같았다.
즉, 나이를 알 수 없다는 말이었다.
그들은 신선이었다.
그렇다면 백주천이 그곳을 뛰어나온 이유는 무엇일까?
백룡의 사람들은 신선이며 봉황과도 같은 영험한 존재였다.
그런데 그 봉황이 우물 안에 갇혔다는 것이 문제였다.
백주천은 우물 안의 봉황이 되기 싫었다.
남들에게 모습을 나타내지 않는 봉황이 무슨 의미가 있을까.
남들이 우러러봐야 봉황도 가치가 있는 것이었다.
백독문의 문주인 백주천은 우물 안의 봉황보다는 세상에서 활개 치는 늑대가 더 좋아 보였다.
그리고 그는 지금의 위치가 늑대가 아닌 최소 호랑이 정도는 된다고 생각했다.
독과 불로장생에 대한 깨달음도 어느 정도의 경지에 이르렀다고 자부하고 있었다.
그런데 백독지회를 앞둔 이 시점에 백룡의 여라희가 찾아온 것이다.
백룡을 뛰쳐나온 자신을 찾아올 이유는 바로 그곳의 규율을 지키기 위함이 분명했다.
여기서 규율이라는 것은 백룡의 밖에서 세상을 어지럽히

는 자는 반드시 그들의 손으로 처단한다는 것이다.

그렇게 긴장하면서 이 자리에 나왔는데 상황은 달랐다.

여라희는 오히려 공손한 태도로 백주천에게 부탁했다.

"……가능하시겠습니까?"

"단주, 말씀 낮추시죠."

백주천이 살짝 고개를 숙이며 상대의 눈치를 봤다.

이렇게 말해 놓고 자신의 목숨을 앗아 가지는 않을까 하는 두려움 때문이었다.

상대는 백룡의 유일한 무력대인 청빙단의 단주였다.

그것도 나이도 알 수 없고 무공의 깊이도 모르는 신비한 여인.

백주천에게 그녀는 옛날이야기를 들려주던 할머니와도 같은 존재였다.

그런데 그녀가 자신에게 말을 높이고 부탁을 해 온다.

백주천의 가슴이 더욱 뛰기 시작했다.

여라희가 살짝 표정을 풀었다.

백독곡에서 처음 보인 표정의 변화였다.

살얼음 같은 그녀의 얼굴에 희미한 미소가 스쳐 지나갔다.

"출가외인이라 해서 말을 높였네. 네가 그리 말한다면 편히 말하마. 네 도움이 필요하다."

그녀의 말에 백주천의 표정이 눈에 띄게 밝아졌다.

"단주님, 말씀하시죠. 어디에 쓸 재료입니까? 하독이 아닌 해독이라고는 제 아우에게 들었습니다."

"직접 보게."

여라희가 손을 들었다.

그 모습에 백주천의 눈이 커졌다.

다시 두려움이 엄습해 왔다.

그가 긴장하고 있을 때, 여라희의 손길은 그녀가 들고 온 침상으로 향했다.

사실 백주천도 무거운 침상을 왜 이곳에 들고 왔는지 궁금했다.

백주천의 두려움이 호기심으로 바뀔 때였다.

침상의 윗부분이 스르륵 움직이며 벗겨졌다.

안쪽으로부터 눈이 부실 정도의 광채가 새어 나오고 있었다.

그 광채는 한기를 같이 내뿜고 있었다.

백주천조차 견딜 수 없을 만큼의 한기.

그가 재빨리 뒤쪽으로 물러나자 여라희는 다시 손을 한 번 내저었다.

순간 한기는 완벽하게 사라졌다.

여라희가 기막을 펼쳐 한기를 차단한 것이다.

여라희는 안쪽을 확인하라는 듯 턱짓했다.

백주천이 조용히 안쪽을 들여다봤다.

순간 백주천의 눈이 커졌다.

자연스럽게 입을 한계까지 벌린 백주천은 할 말을 잊고는 어깨를 살짝 떨었다.

❧

같은 시각.

한빈과 적혈맹호대는 추룡산맥을 막 벗어났다.

이제 하루만 더 가면 백독곡이 위치한 화련산의 초입이었다.

추룡산맥을 빠져나오면서 그들은 제법 많은 일을 겪었다.

그만큼 추룡산맥은 꽤 험했다.

얼마나 험했는지 초입에서 독각서우와 있었던 일은 모두 잊은 그들이었다.

그들은 잠시 휴식을 취하고 있었다.

한빈의 일행 중 가장 힘든 모습을 보이는 이는 세 명의 각주였다.

그중에서도 현무각주 담천호는 아예 모든 것을 포기한 듯 눈이 풀려 있었다.

그의 앞에는 보기만 해도 숨이 막힐 양의 약초가 산더미처럼 쌓여 있었다.

담천호는 자신의 짐은 쳐다보지도 않았다.

대신에 짧은 휴식 시간 동안 최대한 기력을 회복하기 위해

자리에 앉아 가부좌를 틀었다.
운기조식으로 내력을 회복하기 위함이었다.
그때였다.
한빈이 멀리 보이는 화련산을 가리키며 외쳤다.
"출발!"
순간 현무각주가 다급하게 손을 들었다.
그러고는 가부좌를 급히 풀고 한빈의 소매를 잡았다.
"헉, 헉. 자, 잠시만 기다려 주십시오, 공자!"
"엄살이 심하십니다, 현무각주."
"대체 왜 저만 미워하십니까?"
"제가 왜 현무각주를 미워합니까?"
"그러지 않고서야……. 제가 맡은 짐만 이렇게 많을 리가 있겠습니까?"
"그야, 현무각주의 무공이 가장 높으니 가장 많이 들어야 공평하지 않습니까?"
"아, 아무리 그래도……."
"호흡이 안정적인 걸 보니 아직 힘이 남아 있는 모양입니다."
"헉."
현무각주 담천호가 헛숨을 내쉬었다.
잠깐의 운기조식으로 내력을 회복한 것이지, 힘이 남아도는 것은 아니었다.

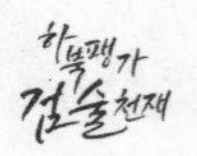

그에게는 과연 어떤 일이 있었던 것일까?

한빈의 말대로 세 명의 각주들은 구걸십팔보의 첫걸음을 뗐다.

이건 담천호, 자신이 생각해도 기가 막힌 기연이었다.

하지만 한빈은 그에 만족하지 않고 세 명의 각주에게 특훈을 시켰다.

요리를 위한 토끼를 잡아 오는 것이 각주들의 임무였던 것.

추룡산맥의 토끼들은 다른 곳의 산짐승보다 몇 배는 빨랐다.

그 토끼를 잡기 위해서라면 죽을힘을 다해서 구걸십팔보를 펼쳐야 했다.

구걸십팔보에 들어가는 내력은 상당했다.

그도 그럴 것이 잡겠다는 일념으로 모든 진기를 다리와 발로 보내니 남아날 내공이 없었다.

그러고도 대부분의 짐은 각주들의 차지였다.

그렇게 이틀을 보내다 보니 담천호는 구걸십팔보의 묘리를 삼 성가량 깨달을 수 있었다.

거기에 현문과의 대련도 계속되었다.

깨달음을 얻은 현문의 검은 이전보다 더욱 매서웠다.

상처를 내지는 않으면서도 철저하게 각주들을 괴롭히고 있었다.

이 부분에서 현문이 무당의 도인인지 사파의 수괴인지 의심스러울 정도였다.

이젠 검이 눈앞까지 와도 두려움을 느끼지 않았다.

물론 이런 기연을 담천호는 고마워하고 있었다.

하지만 지금은 자리에서 쓰러져도 이상하지 않을 정도로 내력이 고갈되어 있는 상태였다.

그때 한빈이 담천호의 어깨에 손을 살짝 올려놓았다.

청아한 기운이 현무각주의 어깨를 타고 흘러갔지만, 정작 그는 느끼지 못했다.

순간 현무각주가 휘청였다.

그 모습에 한빈이 재빨리 그를 부축했다.

"그러다가 귀한 약재를 쏟겠습니다."

"죄, 죄송합니다."

현무각주가 다시 중심을 잡았다.

그들의 대화를 옆에서 지켜보던 장자명은 조용히 시선을 돌렸다.

각주들에게 감정이입이 된 듯 장자명의 눈빛이 살짝 흔들렸다.

감정이입이 될 수밖에 없는 것이, 산맥을 넘는 동안 장자명도 그들 못지않게 고생했기 때문이었다.

본래 이런 감정을 공유하던 이는 화산파의 서재오였다.

그런데 지금은 서재오가 자리에 없었다.

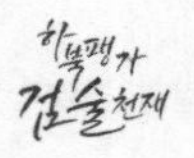

그런 이유로 장자명은 담천호와 슬픔을 나누고 있었다.

장자명은 조용히 약초 더미를 바라봤다.

그들이 가지고 온 약초 중 반 정도는 모두 소모했다.

덕분에 조향각주 악필승과 주작각주 가기군의 짐은 반도 남지 않았다.

문제는 현무각주 담천호가 짊어진 약초는 하나도 안 썼다는 점이었다.

약초 중 반을 쓴 이유도 다소 황당했다.

각주들은 이곳에 오면서 현문과 실전에 가까운 수련을 해야 했다.

덕분에 그들의 몸은 성한 곳이 없었다.

그 약초를 써서 각주들을 치료한 것이 바로 장자명이었다.

그러니 한숨이 나올 수밖에 없었다.

각주들은 자신의 몸을 치료할 약을 들쳐 메고 산맥을 넘은 것이었다.

덕분에 무거운 짐을 짊어지고 계속 앞으로 나아가야 했다.

물론 담천호만 괴로운 것은 아니었다.

그에 비해 무공이 낮은 주작각주 가기군과 조향각주 악필승도 죽을 맛이었다.

더욱이 무공에 관심이 없는 악필승의 경우, 이번 여정은 고문과도 같았다.

담천호는 앞사람의 뒤꿈치만 보며 터덜터덜 걸어갔다.

얼마나 지났을까?

모두의 귓가에 귀에 익은 음성이 들려왔다.

"잠시 멈추세요!"

그 목소리에 행렬이 멈췄다.

앞쪽에서 심미호가 달려왔다.

심미호가 맡은 것은 정찰이었다.

앞뒤로 오가며 상황을 파악하는 것이 심미호의 임무.

그녀의 외침은 예상 못 한 상황이 일어났음을 의미했다.

모두는 걸음을 멈추고 병기를 꺼내 들었다.

스릉.

긴장한 그들의 모습과는 달리, 심미호는 아무렇지 않게 한빈이 있는 곳으로 달려갔다.

심미호의 표정을 본 일행들은 다시 병기를 갈무리했다.

한빈의 앞에 선 심미호가 활짝 웃으며 말했다.

"주군, 말씀하신 물건이 도착한 것 같습니다."

"같이 가 보자고, 심 부대주."

"이쪽이에요, 주군."

심미호가 앞장서서 안내했다.

경공술을 써서 바람처럼 달려가던 심미호가 자리에서 멈췄다.

심미호를 따라가던 한빈도 걸음을 멈추고 심미호가 가리키는 곳을 바라봤다.

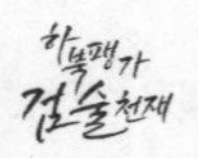

그곳에는 거지꼴을 한 사내가 물건을 잔뜩 쌓아 놓고 허벅지를 긁고 있었다.

행색이 어찌나 지저분한지 그가 허벅지를 긁을 때마다 냄새가 몰려오는 것만 같았다.

한빈은 더는 다가가지는 않고 손뼉을 쳤다.

짝!

그 소리에 거지가 돌아봤다.

한빈을 확인한 거지는 바람처럼 뛰어왔다.

타다닥.

상대가 방정맞게 뛰어오자 한빈이 손바닥을 보이며 막았다.

"거기서 멈추지, 광개."

"팽 공자, 오랜만에 봤는데 이렇게 날 거부하다니 좀 서운한데……."

그는 다름 아닌 개방의 광개였다.

광개는 정말 서운한지 울듯한 강아지와 같은 표정을 짓고 있었다.

그 모습에 한빈은 고개를 저었다.

"내가 씻고 좀 다니라고 했는데 그새 잊어 먹었군."

"분타주가 씻고 다니면 체면이 안 서서 그러니 이해해 주게, 팽 공자."

"그런데 준비한 물건은?"

"저쪽에 마련해 뒀지."

광개가 뒤쪽을 가리켰다.

뒤쪽에는 구 층 석탑 높이의 짐이 쌓여 있었다.

그 짐을 본 한빈이 물었다.

"자네 혼자 옮겼나? 저 정도면 구걸십팔보를 극성까지 익혔다는 건데……. 축하할 일이군."

한빈의 말은 진심이었다.

구 층 석탑 높이의 상자를 들고 산길을 달려오려면 구걸십팔보를 극성까지 익히지 않고서는 불가능한 일이었다.

한빈의 칭찬에 광개가 활짝 웃었다.

"하하, 고맙네."

물론 이건 광개가 한빈에게 보여 주기 위해서 꾸민 일이었다.

한빈과 약속한 뒤 광개는 이 많은 상자를 수하들을 통해 여기에 옮겨 뒀다.

그러고는 태연스럽게 이곳에 혼자 앉아 한빈을 기다리고 있었던 것.

광개는 한빈의 칭찬을 한 번이라도 듣고 싶었다.

한빈과 광개는 잠시 서로의 안부를 물었다.

그때였다.

팽혁빈 일행이 뒤쪽에서 다가왔다.

팽혁빈이 광개를 보며 반갑게 인사를 건넨 후 뒤쪽을 보더니 눈을 크게 떴다.
"대체 저게 무엇입니까? 광개 소협."
"팽 공자에게 못 들으셨습니까?"
"저는 금시초문입니다. 사실 이곳에서 광개 소협을 만날 줄도 몰랐습니다."
"허, 팽 공자가 말 안 했군."
"대체 저게 뭡니까? 광개 소협."
"저는 끝까지 비밀을 지키겠습니다."
"대체……."
말끝을 흐린 팽혁빈이 한빈을 바라봤다.
한빈이 고개를 끄덕이며 웃었다.
"그러지 않아도 말씀드리려고 했습니다."
"대체 저건 무엇이냐?"
"당하기만 하니 뒤통수가 근질거리네요, 형님."
"그게 무슨 말이냐?"
"그래서 반격 좀 하려고 준비했습니다."
말을 마친 한빈은 손가락을 튕겼다.
딱.
그 소리에 설화가 구 층 석탑 높이로 쌓인 상자를 덮고 있던 천을 걷어 냈다.
그곳에는 백 개는 되어 보이는 새장이 있었다.
그 안에는 햇빛을 본 비둘기가 퍼덕이고 있었다.

날갯짓하는 비둘기를 보면 천 리라도 날아갈 것처럼 생생했다.

비둘기를 확인한 한빈이 설화에게 보따리를 날렸다.

휙!

보따리를 받은 설화가 그곳에서 가느다란 대나무 통을 꺼내어 비둘기 다리에 달기 시작했다.

다음 권으로 이어집니다

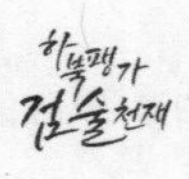